Le fils du Cheik

E.M. Hull

Le fils du Cheik

traduit de l'anglais par Sophie BENECH

Éditions J'ai lu

Ce roman a paru sous le titre original :

THE SONS OF THE SHEIK

1

Le jour n'allait pas tarder à poindre sur le désert balayé par un vent cinglant.

Trois cavaliers, drapés dans d'épais manteaux qui alourdissaient leur silhouette, cheminaient dans les ténèbres, le dos courbé par la tourmente.

Ce n'était vraiment pas une route à faire de nuit. Et pourtant, malgré la nervosité des chevaux qui renâclaient sur le sol rocailleux, la petite troupe progressait à une allure régulière.

Emmitouflé dans son burnous noir qui l'enveloppait de la tête aux pieds, le chef semblait se fondre avec la robe sombre de sa monture. Ses compagnons, vêtus de blanc, marchaient dans son sillage, tels deux serviteurs fantômes.

Peu à peu, l'obscurité fit place aux petites lueurs de l'aube et ils atteignirent les premiers contreforts d'un groupe de collines escarpées.

Le chef mit pied à terre et, après avoir confié sa monture à l'un de ses hommes, resta quelques instants immobile, les yeux fixés sur la direction d'où ils étaient venus.

Il devait avoir une vingtaine d'années. Grand, mince et doté d'une carrure qui augurait bien de sa vigueur future, il affichait un maintien plein d'arrogance. Son beau visage bronzé, rasé de près, était souligné par un menton volontaire et une bouche ferme, à l'expression quelque peu cruelle. Ses épais sourcils bruns, qui se rejoignaient dans un froncement menaçant, surmontaient des yeux bleu foncé que la réflexion, à ce moment-là, rendait presque noirs.

Haussant les épaules comme pour chasser un souvenir importun, il rejeta son burnous en arrière et, pivotant sur ses talons, rejoignit ses serviteurs qui chuchotaient tout en l'observant avec attention.

L'un était dégingandé, l'autre petit et trapu, mais une ressemblance indéniable, dans les traits comme dans l'expression, indiquait sans doute possible qu'ils étaient frères.

Ils se séparèrent à son approche, et le plus petit des deux, qui paraissait l'aîné, lui proposa quelques dattes tirées des fontes de sa selle. Tout en les refusant, le jeune homme se laissa tomber sur le sable et, s'adossant confortablement à un rocher, sortit un étui doré de la poche de sa gandoura de soie et alluma une cigarette.

Il resta ainsi presque une demi-heure à fumer, observant un silence que ses compagnons se gardèrent bien de troubler. Cependant, ils ne le quittaient pas des yeux, et on les sentait mal à l'aise. Finalement, le jeune chef se releva et fit signe qu'on lui approchât son cheval. Mais la plaisanterie qui accompagnait son geste mourut sur ses lèvres quand il vit ses compagnons détacher aussi les leurs.

– Inutile! J'y vais seul! dit-il d'un ton péremptoire tout en saisissant les rênes de l'étalon qui se cabrait et en chaussant l'étrier que l'aîné des serviteurs lui tenait. Tu m'attendras ici comme il était convenu, Ramadan! Même chose pour toi,

S'rir! lança-t-il au plus jeune des deux frères qui sautait déjà en selle.

Une tempête de protestations s'éleva alors – concert d'arguments passionnés qui allaient des menaces les plus horribles à des expressions de révolte sans équivoque. Mais rien, ni invectives ni appels à la raison, ne put infléchir la décision du chef. Maintenant qu'il était en selle, il avait du mal à retenir son pur-sang fougueux. Et il considérait les gesticulations de ses compagnons avec une irritation manifeste. Brusquement, il perdit son calme.

– Silence! rugit-il. Qui donne les ordres, ici? Vous ou moi? Avez-vous entendu ce que j'ai dit ou bien faut-il que je vous le répète? J'y vais seul.

La main de Ramadan se cramponna à l'étrier qu'il tenait toujours.

– Nous voulons vous escorter, insista-t-il.

– Pourquoi?

L'Arabe détourna les yeux mais, têtu, ne lâcha pas prise.

– C'est dangereux, marmonna-t-il à contrecœur, comme si les mots avaient du mal à franchir ses lèvres.

Les prunelles du chef lancèrent des éclairs. Puis sa colère se calma aussi vite qu'un orage d'été, et il partit d'un éclat de rire juvénile :

– Dangereux... Depuis quand le danger t'effraye-t-il, Ramadan?

– C'est pour vous que j'ai peur, Seigneur! Pas pour moi! rétorqua Ramadan avec chaleur.

– Toi ou moi, cela revient au même, tu le sais bien. Allons, trêve de discussions. J'y vais seul. Et vous, vous attendez mon retour.

– Et si vous ne revenez pas?

Eperonnant son cheval, le chef le fit se cabrer presque à la verticale, contraignant ainsi l'Arabe à lâcher l'étrier.

– Si je ne reviens pas, s'écria-t-il avec un rire plein d'insouciance, alors venez me chercher! Au ciel ou en enfer! Je parie que vous seriez prêts à arpenter les deux pour me retrouver!

Sur un petit salut, il disparut dans un nuage de poussière. Et les deux frères se regardèrent, l'aîné étouffant un juron tandis que le cadet esquissait un sourire énigmatique.

– S'il lui arrivait quelque chose... qu'adviendrait-il de Monseigneur? se lamenta Ramadan.

Le sourire de S'rir se transforma en une grimace qui n'avait plus rien de joyeux :

– Moi, je dirais plutôt : « Qu'adviendrait-il de nous? »

Puis il haussa les épaules et leva les yeux vers le soleil.

– Trois heures, c'est ce qui avait été décidé hier soir, fit-il calmement remarquer. Nous patienterons donc trois heures. Et si dans trois heures il n'est pas de retour, alors, frère, je crois bien que nous irons en effet fouiller de fond en comble le ciel... ou l'enfer. Mais si tu n'y vois pas d'inconvénient, en attendant, je vais faire un somme.

Et, rabattant le capuchon de son burnous, il se lova dans le sable.

De son côté, déjà fort éloigné de l'éperon rocheux qui le dissimulait aux regards inquiets de ses compagnons, le propriétaire de l'étalon noir galopait ventre à terre à travers le désert.

Il n'y avait plus trace d'irritation sur son beau visage. Oubliée, l'insistance dont ses hommes avaient fait preuve! Oublié, son brusque accès de colère! Grisé par sa jeunesse et par sa force, empli d'excitation à l'idée du plaisir qui l'attendait, il s'élançait à bride abattue vers une autre chaîne de collines qui se découpait à l'horizon.

Là-bas l'attendait la mince et timide jeune fille qui hantait ses pensées.

Mais il se trouvait dans une région inconnue, où il n'était qu'un étranger, et mieux valait se montrer prudent : qui sait si d'autres yeux que ceux de la jeune fille ne guettaient pas son arrivée? Mettant son cheval au pas, il contourna bientôt les premiers contreforts de la chaîne et atteignit une falaise dans laquelle s'ouvrait un défilé étroit, vestige d'un ancien torrent depuis longtemps asséché. Bordée des deux côtés d'énormes blocs de pierre qui dissimulaient autant d'issues secrètes, autant de cachettes possibles, la pente en était abrupte. Abandonnant sa monture, le jeune homme se mit à grimper à pied. Il enfonçait dans le sable. Les galets roulaient sous ses pas. Cependant, en excellente condition physique et aussi agile qu'un chat, il montait sans effort apparent, et sans être aucunement gêné par son encombrant burnous et ses hautes bottes d'équitation.

Parvenu sur un étroit plateau qui dominait les environs, il regarda autour de lui, perplexe. De fait, il s'était attendu à la trouver là. Et, prompt à s'emporter, il eut un mouvement d'impatience. Jusqu'où s'imaginait-elle le faire courir ainsi? Pour répondre à un message ambigu reçu la veille, il avait galopé à bride abattue toute la nuit! Allait-il donc passer sa journée à poursuivre une fille sur laquelle il avait daigné poser les yeux?

Un instant, il balança entre son désir, qui le

poussait à aller de l'avant, et son orgueil, qui le pressait de retourner sur ses pas. Mais la punir, n'était-ce pas du même coup se punir lui-même? Il n'était pas disposé, après être venu si loin, à repartir sans l'avoir vue.

La main sur la crosse du revolver dissimulé dans sa ceinture, il entreprit de redescendre la colline. Tous ses sens en alerte, il se coulait silencieusement dans le dédale des blocs de pierre quand un bruit l'arrêta soudain. C'était un son ténu, qui émanait de sa droite. Se dirigeant sur lui, il découvrit bientôt, au détour d'un rocher, une faille qui trouait la falaise, comme la fenêtre brisée d'un bâtiment en ruine. Et dans l'encadrement de cette ouverture naturelle était assise une jeune fille, mince et fluette, presque une enfant.

Vêtue d'une jupe plissée noire et d'une courte veste brochée, une écharpe claire nouée autour de la taille, elle se balançait lentement d'avant en arrière, un *guesbo* aux lèvres.

Elle ne s'était pas encore rendu compte de sa présence, et toute son attention était concentrée sur un panier posé à ses pieds. De l'ouverture béante sortaient la tête étroite et le long corps sinueux d'un immense serpent noir.

L'animal s'enroulait et se déroulait, avançait et reculait. Fasciné, il suivait le rythme de l'étrange mélodie que sa maîtresse tirait de la petite flûte arabe.

Le jeune homme resta une bonne minute à observer les évolutions nonchalantes du reptile et la silhouette souple de la jeune musicienne. Puis il parla :

– *Salâm alaïk*!

Cette salutation, prononcée d'une voix profonde, rompit le charme. Avec un sifflement de colère, le serpent se faufila hors du panier et disparut parmi les rochers tandis que la jeune fille sautait sur ses pieds en faisant tinter ses bracelets d'argent. Sur le qui-vive, comme un animal sauvage prêt à s'enfuir, elle avait l'air à la fois heureuse et effrayée de le voir. Puis, comme il s'approchait, elle se détourna avec un léger mouvement d'humeur.

– Vous êtes en retard, reprocha-t-elle dans un murmure.

– Qu'est-ce que cela peut bien faire, du moment que je suis là? répliqua-t-il d'un ton dégagé.

Cet accueil n'était cependant pas celui auquel il s'était attendu, et son tempérament vif s'enflamma aussitôt. Mais comme il fronçait les sourcils, tout bouillant de l'arrogance de sa jeunesse, il rencontra le regard furtif de la jeune fille, empli d'amour et de crainte, et l'expression de son visage se fit plus douce tandis qu'une sensation étrange, inconnue, l'envahissait, qui lui fit l'effet d'un coup de poignard.

De ses longues mains brunes, il la saisit aux épaules. C'était la première fois qu'il la touchait, et son cœur battait à tout rompre.

– Jasmine! Jasmine! s'écria-t-il d'une voix rauque en l'attirant dans ses bras.

Quoique fort jeune, il n'était pas sans avoir souvent goûté aux plaisirs des jeux amoureux. Et, ce matin encore, il avait escompté se donner une fois de plus du bon temps. Mais le destin l'avait bel et bien pris au piège. Et la sentir si proche lui faisait éprouver une jouissance plus profonde et plus forte que toutes celles qu'il avait connues jusque-là. Son regard brûlant la dévorait... Ses bras la serraient de plus en plus étroitement... Mais il eut soudain l'impression qu'il lui serait impossible d'assouvir le désir impétueux qui l'avait fait galoper ventre à terre toute la nuit.

Ce qui lui arrivait, il ne le comprenait pas. Pas plus qu'il ne cherchait d'explication au frein qui le retenait. Il avait seulement conscience de se dégoûter soudain lui-même et de souhaiter plus que tout respecter cette jeune fille, lui qui n'avait jamais épargné personne.

Tandis qu'il luttait ainsi avec lui-même, il la sentait frissonner contre lui de tout son petit corps souple qui se raidissait et refusait de se plier à son étreinte. Et il voyait croître la peur au fond de ses grands yeux suppliants.

Au prix d'un effort surhumain, il fit taire son désir.

– Que crains-tu, petite fille tremblante? Mon amour est-il si cruel qu'il puisse te faire souffrir? Regarde... un baiser de moi, est-ce donc si terrible?

Inclinant la tête, il posa ses lèvres sur la joue rose timidement offerte.

Ce n'était rien qu'une caresse, et il était loin de s'attendre au cri perçant qui échappa à la jeune fille, ainsi qu'au flot de larmes presque hystérique qui suivit.

– Cœur de mon cœur, t'ai-je fait mal? s'écria-t-il.

Incapable de répondre, elle s'abandonna cependant à son étreinte, le visage enfoui dans son burnous, en sanglotant à perdre haleine.

De son côté, dérouté par un mystère qui dépassait son entendement, il attendit en silence qu'elle s'expliquât. Elle finit par relever la tête et lui jeta un regard craintif.

– Pardonnez-moi, Seigneur, hoqueta-t-elle. Vous ne m'avez pas fait mal... oh, non! Seulement, il y a longtemps, on m'embrassait ainsi... quand j'étais petite... et heureuse.

– On?... Qui ça?

– J'ai... j'ai oublié, balbutia-t-elle en secouant la tête, comme si elle ne voulait ou ne pouvait lui donner davantage d'explications.

Main dans la main, ils allèrent s'asseoir, à l'extrême bord de la falaise, sur un promontoire rocheux qui dominait le désert. Et là, le menton posé sur son poing, il étudia la jeune fille avec attention, comme s'il voyait pour la première fois ce visage d'une sensibilité extrême, d'une finesse comme on n'en rencontre guère.

Une abondante chevelure aussi noire que la nuit soulignait la délicatesse de son nez, la joliesse de sa bouche, l'envoûtante beauté de ses immenses yeux bruns dont la couche de khôl qui noircissait ses longs cils recourbés ne parvenait pas à dissimuler la candide pudeur.

Quittant le doux visage, son regard enfiévré erra en connaisseur sur le corps gracile mais parfait de la jeune fille, que cet examen prolongé ne laissa pas de troubler.

– Est-ce que... je vous plais? s'enquit-elle en tendant vers lui une petite main brune.

Tout en lui décochant un sourire mi-tendre, mi-narquois, il l'attira contre lui, appuyant sa nuque gracile contre son torse athlétique.

– Tu n'es pas trop laide, admit-il d'un ton taquin..

Mais l'étincelle brillant dans les yeux sombres du jeune chef arabe suffit à la rassurer, et elle resta un moment à jouer avec le gland doré de son burnous avant de le questionner :

– Qui êtes-vous, Seigneur? Vous ne me l'avez jamais dit. Je ne sais même pas votre nom.

– Je suis celui qui t'aime. N'est-ce pas suffisant, ô fille de la curiosité?

– Dites-moi votre nom, insista-t-elle, nullement découragée.

Il demeura silencieux un instant. Ses sourcils noirs se rejoignaient dans un froncement menaçant et il la considérait avec un air d'impitoyable dureté, comme s'il voulait déceler ce que cachait cette insistance. Puis il éclata de rire et, allumant une cigarette, il continua à l'observer à travers un nuage de fumée.

– Je m'appelle Ahmed.

Elle sursauta tandis qu'une ombre passait sur son visage.

– Ahmed..., répéta-t-elle. J'ai entendu parler d'un grand seigneur, le chef de la tribu de Ben Hassan, qui vit dans le sud, au delà des montagnes, et qui porte le nom d'Ahmed (1). Etes-vous de sa famille?

Dissimulant un regard inquisiteur derrière ses paupières nonchalamment baissées, il lui sourit avec indolence :

– Qui sait? Et pourquoi me demandes-tu cela? Qu'as-tu entendu dire d'Ahmed Ben Hassan?

Secouée par un frisson, elle se serra tout contre lui en jetant des coups d'œil inquiets par-dessus son épaule, comme si elle redoutait quelque espion invisible.

– Que c'est un démon..., murmura-t-elle, les yeux emplis de terreur. Que ce n'est pas un véritable Arabe né d'une femme, mais un mons-

(1) *Du même auteur, dans la même collection, lire* Le Cheik, n° 1135**.

tre que tout le monde redoute pour sa force et sa puissance qui dépassent celles d'un mortel ordinaire... Qu'il galope plus vite que le vent... Que ses yeux brillent comme les éclairs dans le ciel... Qu'il ne peut mourir, car nombreux sont ceux qui ont tenté de le tuer, et tous ont échoué... Que...

Prise d'une terreur superstitieuse, elle s'interrompit brusquement et, après un mouvement de recul, elle l'interrogea :

– Etes-vous bien sûr que vous n'êtes pas de sa famille?

Il la rattrapa vivement en éclatant de son rire juvénile, et la garda tout contre son cœur :

– Et si j'étais son parent, m'en aimerais-tu moins pour autant?

Elle hésita, frissonnant sous son étreinte. Puis un profond sanglot la secoua tout entière.

– Non! Non! s'écria-t-elle en se recroquevillant dans ses bras. Qui que vous soyez, homme ou démon, je... je vous aime... et n'ai jamais aimé que vous!

L'odeur de ses cheveux agissait sur les sens du jeune homme comme un excitant subtil tandis qu'il se penchait sur elle, ravi par cette victoire et subjugué par tant de beauté.

– Jasmine, mon amour, ma fleur de délices... Y eut-il jamais au monde jeune fille aussi belle que toi?

La fin de sa phrase mourut dans un murmure passionné. Et, s'écartant un peu l'un de l'autre, ils restèrent les yeux dans les yeux, perdus dans le ravissement de leur bonheur tout neuf.

Enveloppés par les chauds rayons du soleil, ils oubliaient le temps qui passait. Et leur immobilité était telle que les oiseaux, ignorant leur présence, chantaient autour d'eux et qu'un lézard des sables s'approcha pour les regarder.

Le jeune chef ne songeait plus à ses hommes, ni aux dangers de ces collines infestées de pillards. Il ne pensait qu'à cette jeune fille, agenouillée à ses pieds. Il n'entendait plus que la musique de sa voix au timbre si doux. Il n'avait plus d'yeux que pour la splendeur de sa beauté délicate.

Et ce fut elle qui, alors qu'il tournait le dos au danger, vit les assaillants, elle qui poussa le cri étranglé qui le fit bondir sur ses pieds tandis qu'une balle allait s'écraser contre le rocher, à l'endroit précis où se trouvait sa tête, moins d'une seconde auparavant.

Arrachant son revolver de sa ceinture, il la poussa derrière lui et pivota pour faire face à ses agresseurs. Mais une douleur fulgurante lui déchira aussitôt le crâne et il chancela. L'espace d'une seconde, il aperçut trois silhouettes vêtues de blanc. Puis, aveuglé par le sang qui ruisselait sur son visage, il tituba, fit un pas en avant et bascula, la tête la première, du haut du promontoire.

Après une chute de près de cinq mètres, il heurta de son épaule droite le bord tranchant d'une arête rocheuse. L'épaule démise, il serra les mâchoires tout en roulant sur lui-même, cherchant à tâtons de la main gauche l'arme qui était tombée sous lui.

Etourdi par le choc, affaibli par la douleur, il était cependant parvenu à se mettre à genoux quand un violent coup sur la tête l'envoya de nouveau s'étaler, face contre terre.

Ses oreilles bourdonnèrent d'une rumeur sourde qui ressemblait à celle de la mer. Et il eut l'impression de sombrer dans un abîme de ténèbres.

Secoué par des vagues de nausées, il luttait pour reprendre connaissance et n'eut d'abord conscience que de la douleur lancinante qui lui taraudait le crâne, puis de la soif dévorante qui le torturait. Il resta étendu sans bouger, les yeux fermés, luttant pour reprendre le contrôle de lui-même et percer l'épais brouillard qui semblait s'être installé à l'intérieur de son cerveau. Il ne se rappelait rien de ce qui lui était arrivé. Son passé même était un grand vide, au milieu duquel seul ressortait son nom.

Il était Ahmed Ben Hassan, fils du grand Ahmed Ben Hassan, et quelqu'un avait dit que son père était un démon. Mais c'était absurde! Car s'il était un démon, comment un ange comme « petite mère » aurait-elle pu l'épouser?

Et d'ailleurs, qui était « petite mère »? Et en fait, qui donc était Ahmed Ben Hassan?

Réfléchir lui était une véritable torture, et il n'eut bientôt plus la force de penser. Soulevé par un accès de rage impuissante, il marmonna des propos incohérents. Puis la peur s'abattit sur lui. Peur de lui-même, peur de ces ténèbres intérieures dont il était prisonnier. Et, poussant un cri étranglé, il sombra dans l'inconscience.

De nouveau réveillé une heure plus tard, et cette fois en possession de toutes ses facultés, il chercha aussitôt à desserrer les cordes qui le ligotaient. Mais le travail avait été fait avec trop de soin et, comprenant qu'il dépensait inutilement ses forces, il abandonna la lutte et resta immobile, le visage soudain décomposé.

Ce n'était pas sa propre situation qui le préoccupait. Lui, il était capable de subir n'importe quoi avec cette indifférence stoïque qui était à la fois un trait de caractère héréditaire et le fruit d'un entraînement subi depuis l'enfance. Vivre ou mourir, peu lui importait, pour autant que cela ne concernait que lui.

Mais c'était pour la jeune fille qu'il souffrait mille morts. A quels dangers son inconséquence l'avait-elle exposée? Dans quelle situation atroce pouvait-elle se trouver alors qu'il était là, ficelé, incapable de lui porter secours?

Jasmine! Jasmine! La mince jeune fille de ses pensées! Une main étrangère, plus brutale que la sienne, allait-elle cueillir cette tendre fleur qu'il s'était promis de choyer dans le jardin de son amour?

C'était à cause de lui qu'elle avait affronté les périls de ces collines. Et c'était sa suffisance stupide qui l'avait poussé à aller seul au rendez-vous, refusant l'escorte dont la vigilance aurait prévenu la catastrophe qui s'était abattue sur eux.

Submergé de honte et de remords, il se débattit de nouveau avec frénésie dans ses liens.

– Jasmine! murmura-t-il. Mon amour! Jasmine!

Jusqu'à ces dernières heures, elle n'avait été pour lui qu'un caprice dont il comptait bien jouir le temps que durerait son désir. Mais à présent, il ne pouvait plus envisager la vie sans elle.

C'était le hasard – alors qu'il voyageait très au nord de son territoire – qui avait placé sur son chemin la fille du Maure, la ravissante enfant du charmeur de serpents itinérant.

Alors qu'il faisait halte pour la nuit aux abords d'un village, il s'était rendu dans une taverne où, devant un breuvage infâme, il avait assisté à un numéro de charmeur de serpents qui l'avait frappé par son originalité. Le Maure lui-même, géant au visage brutal, ne lui avait inspiré que du dégoût. Mais sa fille possédait un type peu commun, dont le jeune homme s'était aussitôt entiché. Bien qu'elle ne portât pas de voile et appartînt à une classe qui n'inspire guère le respect, toute son attitude était empreinte d'une dignité pleine de réserve qui s'accordait mal avec son costume et sa profession.

Le lendemain, il avait tenté de la retrouver – pour apprendre qu'elle avait quitté le village avec son père aux premières lueurs de l'aube.

Sans autre dessein que la satisfaction d'un caprice passager, il l'avait suivie vers le nord. Et les rencontres de hasard étaient bientôt devenues des entrevues accordées en cachette – jusqu'à la tragédie de ce matin.

Qui avait bien pu enlever la jeune fille et le faire prisonnier? Difficile à dire, car la région grouillait de pillards et, pour n'importe lequel d'entre eux, le fils du Cheik constituait une prise d'une valeur incalculable, un otage susceptible d'être échangé contre une rançon royale.

Si l'horreur de sa situation lui était insupportable, elle l'accablait cependant moins que son impuissance à porter secours à Jasmine, dont la vie lui était à présent plus précieuse que la sienne propre.

Tandis que les heures s'égrenaient lentement, il sombra plusieurs fois dans l'inconscience. Et ce fut pendant l'une de ces « absences » qu'arriva le moment où l'on vint enfin mettre un terme à sa solitude.

Il n'avait pas entendu la porte s'ouvrir. Ce fut un coup brutal, assené sur son épaule blessée, qui lui fit recouvrer ses esprits.

Serrant les dents pour réprimer un gémissement, il leva sur ses ravisseurs des yeux pleins de défi. Et, à leur vue, son cœur se mit à battre à coups redoublés. Car l'un des trois hommes qui se trouvaient devant lui n'était autre que le Maure, le Maure au sinistre visage, qui lui décochait un sourire plein de haine et dont les yeux étaient aussi froids, aussi cruels que ceux des répugnants reptiles qu'il élevait.

Ce furent cependant les deux inconnus qui parlèrent les premiers, le pressant de questions qu'il ne comprit qu'à moitié. Qui étaient-ils, pour intervenir ainsi dans sa vie, pour oser un enlèvement qu'il se promettait bien, s'il s'en sortait, de leur faire payer chèrement?

Furieux, mais se forçant à garder le silence, il se mit à les étudier, d'un air à la fois impassible et menaçant.

Si tous deux étaient solidement bâtis, l'un approchait de l'âge mûr, alors que l'autre ne devait guère avoir plus de trente ans.

Plus Ahmed les regardait, plus il était étonné. Malgré leur attitude qui se voulait intimidante, on les sentait mal à l'aise. Et, bien qu'agissant de concert, ils n'étaient pas tout à fait d'accord et interrompaient souvent leur interrogatoire pour se disputer avec âpreté dans une langue qui lui était inconnue.

Ce fut au cours de l'une de ces discussions que le Maure se manifesta pour la première fois. Sortant son couteau de sa gaine, il s'élança vers le prisonnier.

– Tuons-le! Et bon débarras! gronda-t-il, levant le bras, prêt à frapper.

Mais les autres se précipitèrent pour le retenir.

– Pas avant qu'il n'ait parlé! s'écria le plus âgé avec un geste autoritaire. Il vivra jusqu'à ce que nous lui ayons tiré les vers du nez. Va chercher la fille, elle pourra peut-être nous en dire plus.

Ahmed se raidit, assailli par un soupçon terrible. Il vit le Maure secouer la tête, et l'entendit opposer un refus hargneux à cette suggestion :

– Non, elle a joué son rôle. Elle a dit tout ce qu'elle savait. Même avec elle, il est resté bouche cousue.

La vérité apparut alors au jeune homme dans toute son horreur, et il ne put retenir le cri qui lui jaillit des lèvres.

– Jasmine! gémit-il. Jasmine!

Le Maure se tourna vivement de son côté.

– Oui, Jasmine! Jasmine! railla-t-il avant de lui cracher au visage. Tu croyais qu'elle t'aimait? Tu n'es qu'un imbécile. Jasmine n'est pas pour toi, chien du désert! (Sa voix se mua tout à coup en murmure sifflant :) Tu veux vivre? Tu veux pouvoir prendre encore des filles dans tes bras? Alors, parle! Sinon, je te transforme en objet de honte et de mépris!

Il s'arrêta, comme pour laisser à sa menace le temps de bien pénétrer l'esprit du jeune homme. Et, pour la première fois de sa vie, le fils du Cheik connut la peur physique. Il comprit qu'il avait donné tête baissée dans un piège, qu'il était pris dans un mystérieux engrenage où il risquait de laisser plus que sa vie.

Si seulement ils pouvaient le tuer! La mort valait mieux que tortures et mutilations. Après tout, la vie lui était-elle donc si précieuse, alors qu'il venait de perdre foi en l'amour qui était sa raison de vivre?

Ecartant cette pensée, il s'arma de courage afin

de supporter l'épreuve qui lui paraissait à présent inévitable.

Mais un sursis lui fut accordé de façon inattendue. Les deux étrangers, qui s'étaient écartés un instant, revenaient à présent, et le plus jeune semblait soutenir un point de vue que l'autre ne partageait pas.

Et de fait, coupant court au discours de son compagnon, le plus vieux se tourna vers le Maure :

– Il est tard. Et tu sais que nous avons encore beaucoup à faire ensemble ce soir. Laissons-le dormir sur les promesses que tu lui as faites, et peut-être parlera-t-il demain, pour sauver sa... sa peau!

Un ricanement accompagna ces mots. Le Maure se releva à contrecœur, les mains crispées, comme s'il répugnait à laisser échapper sa proie.

Une fois seul, le fils du Cheik put enfin s'abandonner à la souffrance morale qui, pour l'instant, lui faisait oublier tout le reste. Jasmine, qu'il avait aimée comme jamais plus il n'aimerait, Jasmine, qu'il avait respectée, Jasmine l'avait trahi!

Douze heures auparavant, découvrant l'amour – et la tendresse que sa nature sauvage n'avait jamais éprouvée –, il était devenu un homme. Mais l'amour était mort, dans l'horreur de la trahison, et avec lui toute la foi d'Ahmed, toute sa confiance. Il n'était plus habité que par l'idée de vengeance.

Son jeune visage se durcit et des lignes cruelles se dessinèrent autour de sa bouche. Par Allah! Il vivrait! Il vivrait pour faire payer ceux qui l'avaient séquestré! Ils auraient à souffrir mille morts! Et elle aussi! Rien ne pourrait la sauver, ni son sexe ni le souvenir de l'amour qu'il avait éprouvé pour elle.

L'amour! Il ricana, se moquant de lui-même. Il en avait fini avec l'amour! Après une humiliation comme celle-là, jamais plus il ne respecterait une femme!

Ramenant ses pensées au moment présent, il se demanda combien de temps il restait encore jusqu'au matin. Un rayon de lune qui filtrait par le soupirail, au-dessus de sa tête, l'avertit que les heures passaient et que, sous peu, il lui faudrait faire face à une situation dont la seule idée le faisait frémir.

Mais soudain, son attention fut attirée par un bruit léger. C'étaient des sortes de tapotements modulés. Et, presque inconsciemment, il se prit à compter les secondes qui s'écoulaient entre les coups.

Cinq – sept. Cinq – sept.

Par Allah! c'étaient Ramadan et S'rir qui se servaient du signal convenu de leur enfance – signal qui, bien souvent, l'avait fait sortir de sa tente pour prendre part à quelque équipée nocturne que ses compagnons avaient organisée pour lui complaire.

Ramadan et S'rir! Comment avait-il pu les oublier?

Un nouvel espoir l'envahit. Et il s'efforça de répondre au signal. Mais sa langue était enflée, et aucun son ne franchit ses lèvres desséchées. Une sorte de délire s'empara alors de lui devant les conséquences de son silence. Ses hommes étaient tout près. Leur dévouement allait-il rester sans récompense? L'avaient-ils suivi si loin pour échouer, uniquement parce qu'ils ne recevaient pas la réponse qu'il était dans l'impossibilité de leur donner? Si seulement il pouvait remuer, gratter de son pied la paroi, émettre ne serait-ce qu'un bruit qui puisse être perçu de l'autre côté du mur de brique! Mais il était là, incapable de parler, incapable de bouger, et il savait que chaque seconde qui passait réduisait d'autant ses chances d'évasion.

Il avait presque cédé au désespoir quand une forme se dessina derrière le soupirail sur lequel il avait les yeux fixés. Les minutes passèrent, qui lui parurent des heures. Tremblant d'appréhension, il osait à peine respirer tandis que les barreaux de l'étroite fenêtre cédaient lentement sous la pression des mains de Ramadan dont la force était proverbiale. Puis S'rir se coula par l'ouverture, les pieds en avant, et vint se pencher sur lui, un poignard à la main.

– Au ciel ou en enfer, Maître! sourit-il en tranchant les liens qui enserraient Ahmed.

2

C'était l'heure de la sieste et le campement était plongé dans une torpeur paisible que ne tarderait pas à troubler la reprise de l'entraînement militaire exigé par le Cheik.

Clan de guerriers qui s'étaient taillé une solide réputation, la tribu vivait dans l'attente d'un conflit qui n'éclatait jamais : trop puissants pour que les tribus voisines prennent le risque de les attaquer, ils étaient non seulement craints en raison de leur force mais aussi et surtout à cause des légendes qui faisaient d'eux, depuis des générations, une race à part. De plus, les circonstances étranges qui avaient entouré la naissance d'Ahmed Ben Hassan et la façon dont il avait pris la succession du vieux Cheik à la tête de la tribu contribuaient à épaissir le mystère qui les entourait.

Depuis vingt-cinq ans, le Cheik gouvernait son peuple en maître absolu et, aux yeux de ses hommes, il restait le chef envoyé par le ciel et dont la miraculeuse apparition avait assuré la pérennité d'un nom vénéré.

Un peu à l'écart du centre de l'oasis se dressait la double tente du Cheik, à demi cachée par des massifs de palmiers dattiers. Les rabats de l'entrée en étaient grand ouverts et, sous l'auvent soutenu par des lances, somnolaient deux sloughis, museau posé sur leurs pattes croisées.

Ici aussi, le silence régnait. Et pourtant l'occupante de la tente ne dormait pas. Seule dans ce décor barbare qui était devenu son foyer, Diana Glencaryll était assise devant sa table à écrire, les yeux perdus dans le vague et la main posée sur une lettre inachevée.

Les années avaient passé sur elle sans presque laisser de traces. Toujours aussi mince et jeune d'allure dans le costume d'amazone qu'elle portait ce jour-là, elle avait l'air à peine plus âgée que la jeune fille volontaire qui, éprise d'aventure, avait un beau matin quitté Biskra, quelque vingt ans auparavant, pour s'enfoncer dans le désert.

Mais aujourd'hui, l'inquiétude creusait ses traits : cela faisait quatre mois que le Cheik était absent, quatre mois qu'elle guettait son retour, torturée par la peur qu'il lui soit arrivé quelque chose.

C'était la première fois qu'ils étaient restés séparés si longtemps et Diana, qui se languissait de sa voix de velours et rêvait de l'étreinte de ses bras d'acier, se rendait plus que jamais compte à quel point l'amour et la présence de cet homme impérieux étaient indispensables à son bonheur.

Quatre mois! Elle écarta le bloc de papier à lettres en poussant un soupir. Pourquoi fallait-il qu'il soit absent juste en ce moment, alors que la situation était si compliquée? Les larmes lui montèrent aux yeux tandis qu'elle se tournait vers un guéridon bas et s'emparait des deux photographies encadrées de cuir qui y étaient posées.

Les lèvres tremblantes, elle se mit à étudier le visage des deux fils qu'elle avait donnés à l'homme qu'elle aimait. C'étaient des jumeaux, mais profondément différents dans tous les domaines.

D'instinct, elle contempla d'abord la photo du second, son préféré. C'était l'agrandissement d'un instantané qu'elle avait pris elle-même, et la grâce sauvage et insouciante du modèle accentuait encore sa ressemblance avec le Cheik. Ils avaient en commun la même taille élevée, le même port altier, le même beau visage à la bouche cruelle et aux yeux arrogants sous des sourcils rapprochés. On aurait juré qu'il s'agissait là d'un portrait du Cheik, tel qu'il était lorsqu'elle l'avait rencontré, avant que l'amour ne soit venu tempérer la dureté de son expression.

Et pourtant, même l'amour n'avait pu changer sa nature profonde, se dit-elle avec un petit sourire triste. Car elle était la seule pour qui cette bouche si dure se faisait tendre, la seule pour qui ces yeux sombres perdaient de leur arrogance.

Et leur fils, celui qui avait grandi dans le désert, tenait de son père, aussi bien moralement que physiquement – ressemblance qui n'allait pas, d'ailleurs, sans causer des frictions entre eux.

Trop semblables, leurs volontés de fer se heurtaient à tout propos. Et quoique secrètement fier de son fils, le Cheik était sans pitié pour les frasques du jeune Ahmed, qui lui rappelaient sa propre jeunesse orageuse. Quant au fils, souvent rabroué, il répugnait à manifester l'admiration qu'il éprouvait envers ce père qui représentait à ses yeux l'idéal de ce que doit être un homme.

C'était donc Diana qui servait de tampon entre ces deux êtres de feu et de sang. Elle qui, adorée par Ahmed le père et par Ahmed le fils, tentait de calmer la colère de l'un et de mettre un frein aux excès de l'autre.

Mais il n'y avait en définitive qu'une seule et unique loi dans le campement du Cheik : la sienne. Il exigeait de chacun une obéissance aveugle et faisait appliquer ses consignes avec un despotisme qui lui était une seconde nature.

Le fils que Diana aimait si profondément allait-il devoir plier, et subir un traitement semblable à celui qui l'avait soumise, elle, tant d'années auparavant? Si seulement, mon Dieu, si seulement elle pouvait lui épargner la douleur de cet apprentissage!

En ce moment même, elle savait bien que si le Cheik revenait sur-le-champ, il y aurait des problèmes, car le jeune homme était absent du campement – et cela, malgré l'interdiction formelle de son père.

L'inquiétude fit passer une ombre sur son visage. Puis elle se prit à sourire au souvenir de l'impétuosité avec laquelle il avait fait irruption dans sa chambre, un matin, pour lui soutenir qu'il lui fallait s'absenter quelques jours, que son bonheur en dépendait. Ah, il s'était bien ri de ses protestations, en s'éloignant avec les deux fils de Youssef qui lui tenaient lieu de gardes du corps depuis l'enfance!

Cette scène s'était déroulée six semaines auparavant et, habituée à ses allées et venues, elle cherchait à se raisonner, essayant de prendre à la légère cette dernière escapade, qui n'en était jamais qu'une parmi tant d'autres.

Si seulement il avait pu attendre le retour de son père!

Pour chasser de son esprit ces préoccupations, elle s'attacha à l'autre portrait, celui de son fils aîné, l'inconnu, qu'elle n'avait pas revu depuis ses cinq ans, et dont la visite prochaine l'emplissait à la fois de joie et d'appréhension. Qu'allait-il résulter de ces retrouvailles? Ce fils pourrait-il jamais aimer sa mère autant que le faisait son jumeau? Saurait-il jamais combien leur séparation avait fait verser à Diana de larmes amères? Aujourd'hui encore, son cœur se déchirait au souvenir du moment où elle avait laissé partir ce petit bout d'homme au regard grave, que l'on avait envoyé en Angleterre pour répondre aux supplications de lord Glencaryll.

De fait, le Cheik, bien décidé à ne jamais quitter le pays où il était né, avait fini par consentir à envoyer à son père par le sang – mais combien peu par le cœur! – le premier né de ses jumeaux, afin qu'il reçoive l'éducation qui lui serait nécessaire pour occuper une position que lui-même ne revendiquerait jamais. Car s'il attachait du prix au titre de chef de la tribu de Ben Hassan, celui de comte de Glencaryll ne signifiait rien pour lui.

Pour le vieillard solitaire au fond de son Angleterre, l'enfant avait été un véritable cadeau du ciel auquel il avait prodigué toute sa tendresse. Quant au petit garçon, il avait atteint l'âge d'homme, ne connaissant et n'admirant au monde que son grand-père, et répondant à son affection par un amour exclusif.

La photo était très différente de la précédente. Elle représentait, au milieu d'une salle d'étude austère, un jeune homme plutôt petit, au beau visage sérieux, dont l'expression était presque trop grave pour son âge. En le regardant, Diana retrouvait son propre visage, et le portrait qu'elle tenait la contemplait avec des yeux qui étaient les siens.

Son petit Caryll... Si seulement elle avait pu aller le voir de temps en temps! Si seulement Ahmed lui avait permis, ne serait-ce que de courtes visites en Angleterre! Mais non, chaque prière de sa part s'était vu opposer un refus cinglant.

Or, cet enfant qu'on lui avait arraché, voilà qu'il regagnait maintenant le bercail, mais uniquement pour raison d'affaires.

En effet, le vieux comte de Glencaryll était mort. Et le Cheik, nullement revenu sur sa décision de refuser tout héritage de ce père abhorré, avait fait donation à son fils « anglais » des vastes domaines ancestraux, pour lesquels il n'éprouvait aucun intérêt, ainsi que de l'immense fortune familiale à laquelle il n'aurait, de toute façon, jamais touché, se fût-il retrouvé sans le sou. Certains points de droit restaient cependant à régler et, à la suite d'un échange de lettres – pédantes de la part du fils, cassantes de la part du père –, une rencontre avait été décidée.

C'était ainsi qu'en ce moment même, à Touggourt, Caryll attendait, en compagnie de Raoul de Saint-Hubert, la lettre qui l'inviterait à rejoindre le campement de son père.

Le peu qu'elle savait de ce fils, c'était à Raoul qu'elle le devait. C'est par ses yeux qu'elle l'avait vu grandir, qu'elle l'avait suivi de l'enfance à l'adolescence. Mais qui était vraiment Caryll? Quelle serait son attitude? Il ignorait tant de choses...

Il était en effet inimaginable de penser que le vieux comte ait osé avouer à son petit-fils l'aventure honteuse de son bref mariage, qu'il lui ait raconté dans quelles circonstances ignobles il avait perdu sa femme et son fils, ni qu'il lui ait expliqué comment il s'était lui-même condamné à passer les dernières années de sa vie dans le remords et la solitude.

Et comme Diana et son mari estimaient impossible de ternir la mémoire du défunt en révélant maintenant à Caryll la véritable raison de la mésentente entre le comte de Glencaryll et le cheik Ahmed Ben Hassan, il faudrait laisser le jeune homme blâmer celui des deux qui le méritait le moins, son père.

Une seule personne connaissait la vérité sur l'histoire de la famille, et Diana savait que Raoul de Saint-Hubert, avec la générosité innée qui le caractérisait, ne dirait jamais rien à moins d'y être contraint par les circonstances.

Poussant un soupir, elle reposa les photos à leur place et reprit la lettre qu'elle avait commencé d'écrire et qui était précisément destinée à Raoul de Saint-Hubert. Mais elle ne trouva rien à ajouter aux mots qui couvraient déjà plusieurs pages. Elle lui avait fait part de l'absence du Cheik, lui avait donné les indications nécessaires pour joindre le campement et l'avait prié de se mettre en route immédiatement. Il ne lui restait donc plus qu'à signer, ce qu'elle fit tandis qu'une sorte de froid intérieur la faisait frissonner et que l'assaillait un sombre pressentiment.

Il n'était pas loin de 5 heures et les bruits familiers indiquaient que le campement avait repris son activité. Gaston n'allait pas tarder à lui apporter son thé. Ensuite, elle irait faire un tour à cheval pour dissiper la migraine provoquée par cette angoisse stupide qui maintenant la tenaillait.

La nuit était tombée sur le campement lorsque Diana se retrouva seule avec ses soucis. Entre-temps, les occupations ne lui avaient pas manqué. Pas plus tôt rentrée de promenade, il lui avait fallu, après une douche rapide, recevoir Youssef, venu, comme chaque soir, au rapport.

Il avait bien changé, l'ex-jeune lieutenant du Cheik! Marié et père de deux garçons plus âgés qu'il ne l'était lui-même quand Diana, captive, avait été amenée dans le campement d'Ahmed Ben Hassan, il avait acquis un sérieux qui le faisait paraître plus vieux qu'il n'était en réalité.

Après un tour d'horizon rapide des événements de la journée, il s'était arrêté un instant, hésitant à faire allusion à l'absence prolongée du Cheik, ainsi qu'à l'escapade du jeune Ahmed et de ses deux propres fils. Puis, s'en tenant à l'accord tacite que la jeune femme et lui semblaient avoir conclu sur ces deux sujets brûlants, il avait préféré demeurer coi. Cependant, comme s'il voulait faire comprendre à l'épouse de son maître ce qu'il ressentait mais ne pouvait se permettre d'exprimer, son salut, lorsqu'il avait pris congé d'elle, avait été encore plus respectueux qu'à l'accoutumée.

Poussant un bref soupir, Diana l'avait suivi des yeux tandis qu'il se retirait. Elle souhaitait presque qu'il eût parlé. Mais après tout, qu'aurait-il pu dire? Il ne savait pas plus qu'elle où se trouvait le Cheik. Quant à la disparition de ses deux fils avec le « jeune Seigneur », quelles que soient les sanctions que sa colère paternelle pourrait le pousser à prendre, Diana savait aussi bien que lui que, même si Ramadan et S'rir étaient responsables de la sécurité d'Ahmed, ils n'avaient sur lui aucune autorité et ne sauraient être sérieusement blâmés. Le fils du Cheik était le seul coupable – et seul il aurait à répondre de ses actes.

Infiniment lasse, Diana avait alors ouvert un pli que des spahis avaient apporté en son absence.

Le message émanait du gouverneur militaire du Sahara et concernait les rébellions des Touaregs. C'était la seconde missive qu'elle recevait de lui depuis le départ du Cheik et, cette fois, les termes en étaient un peu plus pressants et prenaient même la forme d'un appel à l'aide non déguisé – appel adressé à un chef puissant qui, bien qu'indépendant et ne se reconnaissant le vassal de personne, était réputé pour ses sympathies pro-françaises. Afin de calmer l'inquiétude de Paris, Ahmed Ben Hassan n'accepterait-il pas – tout en combattant les fauteurs de troubles qui sévissaient un peu partout sur le territoire –, de mener une enquête discrète dans le but de recenser les tribus opposées à l'Administration et celles sur lesquelles on pouvait compter?

Après cette lecture, Diana était restée quelques instants perdue dans ses pensées. Fronçant les sourcils d'un air inquiet, elle suivait distraitement des yeux Gaston qui s'affairait à la préparation de son repas.

Quelles seraient les conséquences d'un soulèvement général en Algérie? Dans quelle mesure cela affecterait-il la vie d'Ahmed? Pendant une minute, elle avait eu l'impression que la tente vacillait autour d'elle. Puis elle avait repris le contrôle d'elle-même. Si le pire se produisait, s'il devenait indispensable qu'Ahmed prenne part à des opérations militaires hors de son territoire, eh bien, Dieu saurait lui donner la force de rester à ses côtés.

Après avoir relu la lettre, elle avait décidé de n'y répondre que le lendemain. Au point où en étaient les choses et étant donné les ennuis qui l'assaillaient déjà de toutes parts, qui sait ce qui pouvait encore se passer d'ici là?

Et maintenant qu'il faisait nuit noire, allongée sur la vaste couche où elle se morfondait seule depuis quatre longs mois, elle pouvait enfin laisser libre cours à son angoisse et à son désespoir, se libérer du flot de larmes qu'elle avait refrénées jusqu'ici.

Ahmed! Son bel Arabe! Son amant du désert! Comme elle se languissait de lui et de ses étreintes sauvages! Seigneur, comme elle brûlait de sentir son corps musclé se fondre dans le sien!

Sans lui, sans sa présence dévastatrice, elle se sentait mutilée, vide, inutile. Succomberait-elle encore sous l'emprise de sa bouche insatiable?

Connaîtrait-elle à nouveau l'extase qu'il savait si bien lui faire atteindre?

– Ahmed! Ahmed! Mon merveilleux amant...

Après s'être tournée et retournée sur sa couche, éperdue d'amour et de désir, elle reposa enfin, les yeux clos, épuisée par l'émotion, s'efforçant de trouver un sommeil qui ne venait pas.

Les bruits du campement s'étaient tus depuis longtemps. Seul, le tic-tac obsédant d'un petit réveil, à son chevet, troublait le silence. Les nerfs à vif, elle se leva d'un bond pour l'arrêter. Puis, les mains glacées, tremblantes, elle décida de ne pas se recoucher. Rester dans cette chambre lui paraissait tout à coup au-dessus de ses forces. Tout en enfilant un peignoir, elle passa dans l'autre pièce où brûlaient toujours les deux lampes qu'elle avait oublié de souffler, comme cela lui arrivait souvent quand elle était seule.

Marchant jusqu'au seuil, elle écarta le rabat de la tente pour humer l'air de la nuit, s'efforçant de ne faire aucun bruit pour ne pas réveiller Gaston qui dormait devant l'entrée ainsi qu'il faisait toujours en l'absence du Cheik.

Puis elle alla s'allonger sur le divan et se força à lire. Au fil des pages, ses nerfs se calmèrent, tandis que ses membres crispés se détendaient. Elle put enfin se reposer un peu. Et elle avait déjà glissé dans cet état second qui précède le sommeil quand un bruit troubla le silence – un bruit qui la fit se lever d'un bond, les yeux écarquillés : le souffle rauque d'un dromadaire qui blatérait en s'agenouillant, puis un murmure de voix masculines.

La tenture de l'entrée s'écarta et une immense silhouette se glissa dans la tente.

En moins d'une seconde, riant à travers ses

larmes, elle fut dans les bras de son mari. L'écrasant contre sa poitrine comme s'il ne devait plus jamais la lâcher, il lui couvrit le visage d'une pluie de baisers.

– Mon amour! Ma mie! murmura-t-il, tandis qu'une tendresse indicible faisait trembler sa voix profonde. Le temps t'a donc paru si long, pauvre petite femme abandonnée? Ne savais-tu pas que je serais revenu plus tôt si je l'avais pu? Ne savais-tu pas que je comptais chaque nuit, chaque heure qui me séparaient du moment où je pourrais te prendre dans mes bras? Mon Dieu, comme tu m'as manqué, Diana!

Il la serrait à la briser, mais c'est à peine si elle s'en rendait compte. Les lèvres collées à celles de l'homme qu'elle ne cesserait jamais d'aimer, elle murmurait son bonheur, elle avouait ses craintes, tout en caressant sa poitrine aux muscles saillants, comme pour bien se convaincre qu'il lui était revenu sain et sauf.

Ce fut seulement lorsqu'il desserra un peu son étreinte que les doigts de la jeune femme, se coulant dans sa large manche, rencontrèrent les plis, aisément identifiables, d'un pansement sommaire autour de son bras. Elle devint livide.

– Ahmed! Tu es blessé!

Il lui sourit pour la rassurer et l'écarta après lui avoir posé un baiser sur le front.

– Rien de grave, ma chérie, dit-il d'un ton léger en se détournant pour prendre une cigarette. L'os n'est pas atteint. D'ici un jour ou deux, il n'y paraîtra plus.

– Mais comment est-ce arrivé?

Il tira une longue bouffée de sa cigarette, savourant le plaisir de fumer comme quelqu'un qui a été longtemps privé de tabac.

– Je me suis laissé piéger, expliqua-t-il plutôt brièvement. Par bonheur, ils tiraient comme des cochons.

Diana savait d'expérience que c'était tout ce qu'elle apprendrait jamais de cet incident. Son mari n'était guère du genre à s'étendre sur lui-même ni à insister sur ce qu'il considérait comme de peu d'importance. Elle le suivit jusqu'au divan sur lequel il s'était jeté et se laissa tomber sur les coussins à côté de lui.

– Avez-vous trouvé ce que vous cherchiez, Monseigneur? Voulez-vous m'en parler ce soir ou bien êtes-vous trop fatigué?

C'était maintenant, le voyant en pleine lumière, qu'elle se rendait compte à quel point il avait l'air épuisé.

Il glissa son bras autour d'elle et attira vers lui sa tête aux courtes boucles cuivrées. Puis il demeura quelques instants silencieux, les yeux perdus dans le vague, les sourcils rassemblés dans leur froncement caractéristique.

– Je voulais remonter à l'origine des troubles qui semblent s'être emparés du pays tout entier, finit-il par dire.

– Je m'en doutais, souffla-t-elle. D'ailleurs, le gouverneur militaire a écrit plusieurs fois à ce sujet. Il semble que, à Paris, le ministre soit inquiet.

– Il a tout lieu de l'être. Partout où je suis allé, c'était la même chose. On a l'impression qu'une influence maléfique met la population en effervescence. D'anciennes haines sont attisées, de vieilles querelles ravivées. Mais il ne s'agit pas seulement de comptes à régler entre tribus, non, c'est un véritable soulèvement, sciemment fomenté contre les Français... J'ai entendu des histoires aberrantes : on a répandu le bruit qu'un conquérant allait venir du nord pour balayer l'Administration en place et rétablir l'empire instauré par Sidi Okba Ben Nafi lorsqu'il a introduit l'islam en Algérie. Tous les étrangers devront s'en aller. Et l'Algérie sera alors aux Algériens... Partout, la méfiance règne. On ne sait plus qui croire ni à qui faire confiance.

Les mains crispées, Diana s'efforçait de saisir les implications de ce qu'il venait de dire. C'était pire encore que ce qu'elle avait imaginé.

– Est-ce... tout ce que vous avez découvert? s'enquit-elle d'une voix qui tremblait.

– Non. J'ai suivi quelques pistes intéressantes et cherché à faire la part de la réalité et des racontars. Et j'en sais maintenant assez pour mettre certains individus dans une position fort désagréable, si tant est que le gouvernement français parvienne à se sortir de cet orage qui menace. L'affaire a une origine extérieure au pays. Le peuple est soulevé par une propagande répandue par une nation étrangère. Je ne suis pas encore remonté jusqu'à la source, mais j'ai des indices, et je suis sur la trace des êtres malfaisants qui sont en train de semer le désordre.

Il y avait dans sa voix une intonation qui la fit frémir. Certes, il lui était revenu, mais seulement pour un temps : jusqu'à ce qu'il se sente de nouveau appelé à poursuivre la tâche dangereuse qu'il s'était assignée.

Elle s'obligea à écarter cette pensée, bien décidée à profiter des instants de bonheur qui lui étaient accordés. Elle savait qu'il ne fallait pas s'attendre à davantage de détails, qu'il avait dit tout ce qu'il voulait bien dire. Et elle n'était pas mécontente de laisser la politique de côté pour l'instant. C'était déjà bien assez qu'il soit auprès d'elle, au moins pour un temps.

Et puis il y avait autre chose qui la poussait à garder le silence tandis qu'il dévorait le repas, préparé en toute hâte, que l'on avait placé devant lui : elle redoutait la question fatidique qu'il ne manquerait pas de poser d'ici à quelques minutes.

Il se releva enfin avec un soupir de satisfaction et, allant droit vers elle, la prit dans ses bras. Les mots qu'il lui chuchota la firent rougir jusqu'à la racine des cheveux. Frémissante, elle cacha son visage écarlate contre sa poitrine en murmurant des mots incohérents. Mais il lui releva la tête et l'obligea à rencontrer son regard brûlant de passion.

– Diana... quelle petite fille vous faites! Après toutes ces années, n'êtes-vous donc pas encore habituée à moi, mon épouse?

Tout en riant, il la laissa s'éloigner et se retourna pour éteindre les lumières. Il avait toujours le même sourire aux lèvres quand il la rejoignit dans la chambre :

– Inutile de demander pourquoi je trouve la tente illuminée à cette heure de la nuit. Puis-je savoir si tu t'es couchée depuis mon départ? Mais si tu joues ainsi les noctambules, pourquoi ne pries-tu pas ton fainéant de fils de te tenir compagnie? Je suis bien sûr que mon absence n'a pas dû beaucoup l'empêcher de dormir, lui!

Le silence de Diana et l'expression de son visage chassèrent son sourire et ramenèrent sur son front le froncement qui le transformait complètement.

– Où est Ahmed, Diana? demanda-t-il d'un ton

sec.(Ses traits se durcirent tandis qu'il attendait une réponse qui ne venait pas.) Réponds!

Voilà qu'elle retrouvait cette voix impérieuse, ce ton de maître qu'elle n'avait pas entendu depuis des années... Brusquement, ses yeux s'emplirent de larmes tandis qu'elle tendait les mains dans un geste suppliant.

– Je l'ignore! Que ne donnerais-je pour le savoir! Oh, Ahmed...!

Saisi de remords, il l'attira à lui et la couvrit de baisers :

– Pour l'amour de Dieu, ne pleure pas, ma chérie! Pas ce soir. Je ne te reproche rien. Mais lui... je l'avais averti en partant. Je lui avait fait comprendre qu'il était responsable. Grand Dieu! Dire que je t'avais confiée à lui!

– Mais il est si jeune... Et puis j'avais Youssef... et Gaston...

Le Cheik secoua la tête avec colère.

– C'est un homme, Diana! interrompit-il d'une voix dure. C'est en tant qu'homme qu'il devra répondre de ses actes. Bon Dieu, je n'aurais pas cru qu'il ait si peu le sens de l'honneur et de la décence! Depuis combien de temps est-il parti?

– Six semaines, murmura-t-elle avant de frissonner en entendant le terrible juron qui échappait à son mari.

– Et qui l'accompagne?

– Ramadan et S'rir.

– Joli trio! éclata-t-il avec un rire amer. Et pas d'autre escorte, alors qu'il sait dans quel état se trouve le pays! Bougre d'imbécile!

Diana s'effondra alors complètement, s'accrochant à lui, secouée par des sanglots qu'elle ne pouvait plus réprimer.

Tout en étouffant un nouveau juron, il la prit dans ses bras et la porta à travers la pièce.

– Ne t'inquiète pas, mon cœur, murmura-t-il en la déposant sur la vaste couche avant de se détourner pour achever de se dévêtir. Il s'en sortira. Les mauvais sujets s'en sortent toujours. Je suis bien placé pour le savoir puisque j'étais pire qu'il ne le sera jamais...

3

L'unique hôtel de Touggourt était plongé dans une bienheureuse torpeur.

Dans la pénombre fraîche du hall d'entrée, le patron de l'établissement, effondré derrière sa caisse, disparaissait dans les profondeurs de son fauteuil d'où sortait un ronflement sonore.

Assis à une table dans sa chambre du premier étage, Raoul de Saint-Hubert était occupé à écrire. Il n'avait pas cessé de travailler depuis le déjeuner, ne s'interrompant guère que pour allumer une cigarette et répondre brièvement aux remarques épisodiques émises par l'élégant jeune homme étendu sur une chaise longue, non loin de la fenêtre ouverte.

Les interruptions de ce dernier s'étaient cependant faites de plus en plus rares, jusqu'à cesser complètement – au point que Saint-Hubert, sans d'ailleurs se soucier de vérifier, se demandait si son compagnon ne s'était pas endormi.

Et pourtant, Caryll John Aubrey, futur comte de Glencaryll, était fort loin de s'abandonner au sommeil. Son menton volontaire pointé en avant, les sourcils rassemblés dans un froncement menaçant qui était bien le seul trait qu'il eût hérité du côté paternel, le jeune homme songeait avec irritation à la situation dans laquelle il se trouvait et qui lui devenait d'heure en heure plus pénible. Chaque minute passée hors d'Angleterre lui pesait et, furieux d'avoir été contraint de quitter le seul pays qui lui semblât digne de ce nom, il ne se sentait pas ici à sa place. Quant à son père, dont il ne gardait qu'un souvenir fort vague, il n'éprouvait pour lui que rancune et hostilité.

Ignorant la tragédie qui avait brisé la vie de son grand-père, il ne s'était jamais douté que les préceptes moraux dont on l'avait bardé ne constituaient en fait qu'un des moyens grâce auxquels un pécheur repenti avait tenté de racheter ses fautes de jeunesse.

Bénéficiaire d'une éducation hors pair, il avait grandi dans l'amour des conventions et le mépris – voire la haine – de l'original ou de l'inhabituel. Et le fait de vivre aux côtés d'un vieillard n'avait contribué, en le renforçant dans ses préjugés, qu'à le rendre plus solennel et compassé qu'on ne l'est d'ordinaire à cet âge.

Ses brèves années à Eton s'étaient écoulées sans histoires. Et s'il ne s'y était particulièrement distingué ni dans le domaine des études ni dans celui des jeux d'équipe, il y avait néanmoins acquis une réputation de sportif accompli.

Frais émoulu du collège, il s'était lancé à corps perdu dans la tâche qui devait remplir sa vie. Assidu au travail, tant par nature que du fait de son éducation, il s'était astreint, deux années durant, à parfaire les connaissances nécessaires à l'administration des vastes domaines qu'il considérait comme un dépôt sacré.

Sa seule ambition? Maintenir les traditions attachées au nom ancien qu'il portait et devenir un propriétaire exemplaire. Son seul plaisir? La chasse.

Et c'était justement à la chasse qu'il rêvait tandis que Saint-Hubert continuait d'écrire imperturbablement.

Même la chasse, oui, même cet innocent dérivatif lui était refusé dans ce pays pourri. Et il se prit à penser avec regret aux étuis à fusils, là, dans la chambre voisine, qui n'avaient pas été déballés depuis son départ d'Angleterre.

Se levant avec un soupir excédé, il sortit sur le minuscule balcon pour contempler le spectacle de la rue.

– Seigneur, quel pays! Quel peuple! marmonna-t-il avant de regagner la chambre, rageur. Bon sang, combien de temps allons-nous encore moisir dans ce trou perdu, oncle Raoul?

Le ton utilisé incita Saint-Hubert à lever les yeux de son travail.

– Qu'est-ce qui ne va pas, Caryll? demanda-t-il gentiment.

Mû par la sympathie et la compréhension profondes qu'il éprouvait à l'égard du jeune homme, il s'était, contrairement à son habitude, exprimé en anglais.

Une légère rougeur envahit le visage de Caryll, et ses yeux évitèrent le regard inquisiteur du vicomte de Saint-Hubert.

– Oh, toujours la même chose! grommela-t-il.

Saint-Hubert le considéra un instant sans rien dire.

– Je n'ai pas l'impression que tu te rendes très bien compte de ta position ici, articula-t-il enfin.

Ce n'est pas rien, dans ce pays, que d'être le fils d'Ahmed Ben Hassan. Tu as toutes les raisons d'être fier de ton père, Caryll.

S'il y avait là provocation délibérée de la part de Saint-Hubert et si ce dernier s'était attendu à une réaction, il n'était nullement préparé à l'éclat de fureur que ses mots déclenchèrent.

Bondissant comme s'il avait été frappé, Caryll abattit son poing sur la table qui les séparait et son visage devint livide.

– Fier? De mon père? s'écria-t-il avec passion. Fier d'être le fils d'un Arabe?

– Caryll!

Mais même le dur reproche qui perçait sous l'exclamation du vicomte ne put endiguer le flot d'amertume contenu depuis des années et qui se donnait enfin libre cours.

– Et qu'est-il d'autre? lança-t-il. Qu'a-t-il donc fait dans sa vie dont j'aie lieu d'être fier? Dois-je être fier qu'il m'ait abandonné pendant toutes ces années? Fier parce qu'il a brisé le cœur de son père, parce qu'il a laissé mourir ce pauvre vieillard sans le revoir? Croyez-vous que je puisse le lui pardonner? Croyez-vous que je puisse oublier la façon dont mon grand-père est mort? Croyez-vous que je ne garderai pas toujours aux oreilles la voix de cet agonisant murmurant dans son délire : « Mon fils! Mon fils! Mon fils! »

» Seigneur, comme il a pu le faire souffrir! Et vous voudriez que je sois fier de lui!

» Et croyez-vous que cela m'ait été agréable d'être tout le temps montré du doigt comme le fils de « ces gens si bizarres qui vivent dans le désert »? J'aurais tellement aimé avoir des parents normaux, que j'aurais pu présenter à mes amis... des parents en tout point semblables à ceux de mes camarades!

» Mais cela, ce n'est pas le pire. Non, le pire, c'est de savoir que je suis le fils d'un homme qui... qui... oh, mon Dieu!...

S'effondrant pour de bon, il se laissa tomber sur une chaise à côté de la table, la tête dans les bras.

C'était, enfin, l'aveu sans réticences de ce que Saint-Hubert avait souvent soupçonné. Mais c'était bien la première fois que ce jeune homme timide, perdant la réserve derrière laquelle il s'était toujours retranché, étalait au grand jour ses sentiments les plus intimes. Jamais auparavant il n'avait laissé transparaître quoi que ce fût des réflexions morbides qui avaient tourmenté son adolescence.

Et aujourd'hui, Saint-Hubert se retrouvait confronté avec le drame de conscience qui le torturait depuis des années. Avait-il le droit de garder pour lui la vérité? Son devoir n'était-il pas de donner à Caryll les renseignements qu'il était seul à pouvoir lui fournir?

Mais un amour extraordinaire avait uni le grand-père et le petit-fils, et le vieillard avait figuré, aux yeux de Caryll, l'incarnation de toutes les vertus. Or, était-il vraiment de son devoir de détruire ce en quoi croyait le jeune homme, de ternir son idéal en le confrontant brutalement avec la réalité sordide de cette lamentable histoire?

Cette histoire, il avait déjà dû, une fois, la raconter. Mais Caryll aurait-il la même réaction que sa mère?

A l'époque, Saint-Hubert avait parlé pour justifier un homme qui était son meilleur ami. Et maintenant, n'avait-il pas autant de raisons de le faire, davantage même?

On n'avait pas le droit de laisser Caryll dans l'ignorance, ni de lui refuser la possibilité de décider par lui-même, en toute connaissance de cause, qui, de son père ou de son grand-père, était le fautif.

Lentement, Saint-Hubert fit le tour de la table. Mais alors qu'il posait la main sur l'épaule de Caryll, il fut pris d'hésitation et s'arrêta, indécis. Et la révélation qu'il était sur le point de faire ne franchit pas ses lèvres.

Non, il était trop tôt. Il attendrait encore un peu. Il attendrait que cette difficile réunion de famille ait eu lieu. Une fois que Caryll aurait compris combien sa mère l'aimait, une fois qu'il connaîtrait ce père qu'il haïssait, la voie serait toute tracée, et il lui serait plus facile de supporter la vérité.

Mais déjà Caryll se dégageait, et ce fut sa voix rauque qui rompit le silence.

– Ça va passer, oncle Raoul, dit-il avec brusquerie. Je suis désolé de m'être conduit comme un imbécile. Oubliez ce que j'ai dit. Je n'ai pas pu me retenir : il y a des années que cela m'étouffait.

Il agrippa soudain la main de Saint-Hubert avec une telle violence que le Français ne put retenir une grimace de douleur.

– Pourquoi êtes-vous si bon avec moi, oncle Raoul? Entre mon grand-père et vous, c'est tout juste si je me suis rendu compte que je n'avais pas de père. Et vous m'avez donné plus encore que ne l'a fait ce pauvre vieil homme, malgré tout l'amour qu'il avait pour moi. Je voudrais pouvoir vous exprimer ma reconnaissance, mais les mots me manquent. Vous avez été plus qu'un père pour moi, oncle Raoul. Mon Dieu! Si seulement vous pouviez être mon père!

Raoul de Saint-Hubert se tenait derrière lui et ne disait rien. Il remerciait le ciel que Caryll ne pût voir son visage, sur lequel se lisait trop clairement l'émotion qui le submergeait.

Ces dernières paroles – simple expression d'affection pour qui les avait prononcées – revêtaient, pour leur destinataire, une signification infiniment plus profonde et plus douloureuse.

Son fils! Le fils qu'il aurait pu avoir! Le portrait vivant de la femme qu'il aimait! Cette pensée lui faisait l'effet d'un fer que l'on aurait retourné dans une plaie inguérissable.

Rien ne le délivrerait-il donc jamais de cet amour indestructible qu'il avait si longtemps dissimulé, de ce désir lancinant qui ne lui laissait aucun répit?

Pendant vingt ans, il avait porté un masque. Son secret, il l'avait enfoui au plus profond de lui-même. Et il avait su rester l'ami, le confident de cette femme.

Car c'était l'amour d'Ahmed qu'elle avait recherché, pas le sien. Et pour qu'elle puisse assouvir sa passion, il avait trouvé la force d'âme de l'abandonner aux bras de l'homme qui l'avait si atrocement violentée. Il avait même prié Dieu afin qu'elle fût heureuse, car le bonheur de Diana lui était plus précieux que sa propre existence.

Même Ahmed n'avait rien soupçonné. Grâce à sa nature généreuse, Raoul ne lui en avait jamais voulu de sa victoire, et son amitié envers le Cheik était sortie intacte de l'épreuve.

Depuis son éclat, Caryll, retombé dans un morne silence, restait vautré sur la chaise-longue qu'il avait regagnée. Et il ne releva même pas la tête quand Saint-Hubert s'adressa à lui :

– Désolé de devoir encore te laisser seul, mon petit, mais j'ai un rendez-vous, cet après-midi. Et ce soir, je dîne avec le caïd et son fils qui sont venus nous voir hier... Sachant que tu n'aurais pas envie d'y aller, et comme le caïd ne parle qu'arabe, je t'ai excusé en alléguant ton peu de connaissance de cette langue.

Ses efforts pour avoir l'air d'ignorer la conversation qui venait d'avoir lieu rencontrèrent un accueil mitigé. La remarque acerbe de Caryll, toujours occupé à ruminer ses griefs, avait manifestement pour but de relancer la discussion :

– Mon frère ressemble au fils du caïd en question?

Saint-Hubert était presque à bout de patience, mais un certain amusement vint se mêler à son irritation. Mentalement, il compara le jeune Ahmed Ben Hassan, avec sa constitution d'athlète et son beau visage éclatant, au jeune caïd dont la silhouette maladive et les yeux voilés par l'usage de la drogue lui avaient fait si mauvaise impression la veille.

– Cela fait presque deux ans que je n'ai pas rencontré ton jumeau, dit-il d'un ton sec. Mais pourquoi n'attends-tu pas d'avoir vu les choses par toi-même avant de porter un jugement? Ne rends pas la situation plus compliquée qu'elle ne l'est déjà, Caryll. Je sais très bien que ce n'est guère facile pour toi, mais cela ne le sera sans doute pas non plus pour ta famille. Je peux également ajouter que, quant à moi, tout ceci ne correspond guère à l'idée que je me fais d'une partie de plaisir.

Pris de remords, Caryll lui tendit les mains :

– Pourquoi diable ne me tapez-vous pas dessus au lieu de discuter avec moi? Mais que voulez-vous, je n'arrive pas à m'y faire... Je déteste ce pays! J'exècre ces gens! Avant de les toucher, fût-ce avec une fourche, il faudrait d'abord les asperger avec un tuyau d'arrosage!

Eclatant de rire devant l'ineptie du propos, Saint-Hubert s'éclipsa avec un petit signe de la main.

Un flux de sang brûlant assombrit le visage de Caryll qui releva la tête avec colère en fixant la porte qui s'était refermée sur le Français.

Mais c'était contre lui-même qu'il était furieux. Et ce qui mettait le comble à son exaspération, c'était de se savoir au fond infidèle à lui-même, c'était de devoir admettre qu'en lui s'était éveillé un sentiment nouveau qui démentait ses dernières allégations.

Mais, quoi! ne pouvait-on pas, tout en détestant sincèrement ce pays et ses habitants, éprouver de l'intérêt pour un être de leur race, un être... différent, et qui l'intriguait précisément à cause de cette différence? D'ailleurs, le sentiment qui l'animait ne dépassait guère la pitié qui vous étreint, face à la souffrance muette d'un animal maltraité. Car qu'était-elle de plus, cette malheureuse gamine?

Une vague d'indignation chevaleresque le submergea tandis que lui revenaient en mémoire les circonstances au cours desquelles il l'avait rencontrée.

Cela s'était passé environ quinze jours plus tôt. Parti un matin à cheval en direction de Temacin avec pour tout compagnon son jeune valet de chambre anglais et en ayant eu assez, sur le chemin du retour, de cette route plate et sans intérêt, il avait effectué un détour. Et brusquement, au milieu des collines de sable désertes, par-delà les Tombes des Rois, il avait aperçu un énorme Arabe en train de battre sans pitié une mince jeune fille. Celle-ci, tout en restant silencieuse sous les coups, se tordait de douleur et se débattait pour s'enfuir.

Sans réfléchir aux conséquences possibles de son acte, oubliant les avertissements réitérés de Saint-Hubert, n'écoutant que la colère et le dégoût qui s'étaient emparés de lui, Caryll avait galopé droit sur eux, criant à l'homme d'arrêter et brandissant le stick de chasse qu'il avait emporté ce jour-là.

La souple lanière du fouet avait sifflé avant de s'enrouler autour de la gorge de l'Arabe. Etranglé, celui-ci était tombé à genoux et, se cramponnant au fouet pour l'arracher à Caryll, il avait lâché la fille. Puis, se dégageant à la vitesse de l'éclair, il s'était relevé, un poignard à la main, et s'était rué vers le jeune homme, le visage déformé par un horrible rictus, une étincelle de folie meurtrière dans ses yeux cruels.

Poussant son cheval de côté Caryll avait évité le coup furieux qui lui était destiné. Et l'homme n'avait pas eu l'occasion de recommencer. Faisant tournoyer le fouet qu'il avait récupéré, le valet de chambre était en effet venu à sa rescousse. Et il avait foncé sur l'Arabe avec l'intention bien arrêtée de lui faire mordre la poussière.

Sans demander son reste, l'indigène avait pris ses jambes à son cou à une vitesse presque inimaginable.

Caryll avait alors mis pied à terre et, empli de compassion, il s'était approché de la jeune fille qui gisait sur le sable. Il commençait à se demander si son intervention n'allait pas causer à la malheureuse plus d'ennuis qu'autre chose. Et, pris de cette timidité qu'il éprouvait toujours devant les femmes, il lui avait tapoté l'épaule avec précaution, tout en souhaitant tout à coup se trouver à des kilomètres de là. Et elle, sursautant à son contact, s'était assise lentement tout en le considérant avec une bizarre expression de surprise. Elle n'avait pas proféré une plainte – et pas une larme n'était venue mouiller les yeux sombres et insondables qu'elle avait plongés dans les siens. Mais un léger filet de sang, qui coulait du coin de sa bouche, trahissait la souffrance qu'elle avait héroïquement cachée.

Ce trait, tout en éveillant sa compassion, avait forcé son admiration. Il avait alors balbutié quelques mots, sans grand espoir qu'elle les comprenne. Mais elle avait répondu en bon français, d'une voix douce, traînante et avec l'indifférence la plus parfaite :

– J'ai l'habitude.

Elle avait l'habitude! La bouffée de colère qui avait envahi Caryll l'avait presque suffoqué. Il avait essayé de la questionner, mais n'avait pu en tirer que des réponses évasives. Il s'était alors attardé, ne sachant s'il devait partir ou rester. Indécis, il se demandait s'il ne devait pas faire quelque chose pour assurer la protection de cette enfant, maintenant qu'il était allé si loin. Mais il n'avait pas la moindre idée quant à la manière de s'y prendre.

De temps à autre, il lui lançait des coups d'œil discrets, car son regard était irrésistiblement attiré par cette jeune fille. Et chaque fois, il était frappé par la beauté peu commune de son visage sans voile, par l'innocence enfantine de son expression, par la fraîcheur, la douceur qui semblaient émaner d'elle.

Bien que fort pauvrement vêtue, elle était adorable, depuis ses cheveux délicatement bouclés jusqu'au bout de ses petits pieds nus.

Finalement, ce fut la jeune fille elle-même qui mit un terme à cette étrange rencontre. D'un geste doux, mais sans équivoque, elle le renvoya tout en murmurant quelques timides mots de remerciement.

Caryll n'avait pu faire autrement que de s'en aller. Pendant tout le chemin du retour, il s'était demandé si le mari, le père ou l'amant – quels que fussent les droits de cette brute – allait tirer profit de cette leçon salutaire, ou s'il n'allait pas plutôt se venger au centuple sur sa malheureuse victime. Et la pensée de cette fragile jeune fille livrée sans défense à un maître brutal n'avait cessé de le hanter.

Depuis, il l'avait revue à plusieurs reprises – et toujours par hasard – dans différents faubourgs de la petite ville. Et, chaque fois, elle avait eu la même attitude que lors de leur première rencontre : qu'il arrivât ou s'en allât, elle faisait toujours preuve de la même indifférence. Elle se contentait d'accepter sa présence comme elle avait accepté sa première apparition, avec froideur, et presque sans réagir. Il n'y avait dans ses manières aucune trace d'embarras, pas plus que de coquetterie. On aurait dit qu'elle n'avait aucunement conscience, quand elle parlait avec lui, d'appartenir au sexe féminin. Le fait qu'elle était une femme et lui un homme, et qu'ils étaient seuls, semblait ne jamais l'effleurer.

Ce n'était pas du tout ce à quoi Caryll s'était attendu de la part d'une Orientale. Aussi, s'était-il souvent demandé si sa propre gaucherie n'était pas à l'origine de la trop parfaite maîtrise de soi qu'elle gardait toujours, de cette attitude dénuée de passion qu'elle manifestait à son égard.

Mais même cette maîtrise de soi avait chez elle quelque chose d'anormal. On avait l'impression qu'elle était sans vie, sans volonté, comme « morte en dedans ». Il y avait une indifférence dans ses yeux, une indolence dans ses mouvements qui le faisaient penser à un magnifique automate incapable de rien ressentir. Peu loquace, elle pouvait rester assise sans rien dire pendant des heures, les yeux perdus dans le vague, comme si ses pensées étaient à des lieues de là – si tant est qu'elle eût des pensées.

Pourtant, il était parvenu à tirer d'elle quelques renseignements. Il savait à présent que l'énorme Arabe était son maître. Quelquefois, elle le désignait comme son père. A d'autres moments, elle affirmait calmement n'avoir aucun lien de parenté avec lui.

Il avait aussi appris quel était son travail. Ne l'avait-il pas trouvée, un jour, avec un énorme serpent noir enroulé autour de ses frêles épaules? Après un premier mouvement de dégoût, il s'était vu contraint de céder à l'admiration devant l'adresse avec laquelle elle manipulait le reptile. Sa curiosité avait même été assez forte pour vaincre sa répugnance et finir par le faire échouer dans le *Café Maure,* de sinistre réputation.

Le *Café Maure!*

Une fois son dîner solitaire achevé, Caryll, mû par une impulsion soudaine autant qu'irrépressible, sortit de la chambre qu'il n'avait pas quittée depuis le départ de Raoul de Saint-Hubert et descendit l'escalier quatre à quatre.

Dans le hall, il faillit heurter de plein fouet le patron de l'hôtel, jailli de derrière sa caisse où il était occupé à aligner d'interminables rangées de chiffres et qui s'empressait :

– Monsieur désire un guide? Un petit instant...

L'homme battit cependant en retraite devant le froncement de sourcils du jeune Anglais et son refus brutal.

– Inutile!

– Les rues sont dangereuses à la nuit tombée! insista cependant l'hôtelier en agitant ses mains grassouillettes. Et il y a déjà eu des échauffourées ce soir...

Mais il ne restait plus que le chat des cuisines pour écouter ses mises en garde.

Caryll, quant à lui, avait déjà disparu dans l'obscurité et se dirigeait en toute hâte vers la place du marché.

Une certaine agitation régnait effectivement dans le quartier, ce soir-là, et, tout en trébuchant sur les pavés inégaux, Caryll entrevit des silhouettes qui le dépassaient en courant. Peut-être avait-il eu tort de négliger les conseils de l'hôtelier...

Mais le jeune homme n'essayait même plus de se raisonner, ni de chercher les motivations qui le poussaient, une fois de plus, vers le *Café Maure,* dont les lumières brillaient au loin, dans l'obscurité.

Encore quelques pas et il se rendit compte que la musique y battait déjà son plein : le bruit assourdissant des tam-tams et des trompettes de cuivre se répandait à flots par la porte grande ouverte.

Il resta un instant sur le seuil, contemplant,

derrière la bâtisse, les dunes de sable mouvantes, plongées dans le silence de la nuit, et la route solitaire qui menait à Temacin. Puis, enfonçant ses mains dans ses poches, il pénétra dans le boui-boui.

Le *Café Maure* était plein. Plus encore qu'à l'accoutumée, songea-t-il tandis que, ébloui par la lumière, il clignait des yeux tout en se frayant un chemin sur le sol crasseux jusqu'au siège qu'il avait l'habitude d'occuper. Là, après avoir allumé une cigarette, il se mit à observer les gens qui l'entouraient.

Décidément, il y avait beaucoup de nomades, ce soir-là, bien plus qu'il n'en avait jamais vu, pensa-t-il, tout en parcourant des yeux la pièce bondée. Et il avait l'impression que la salle, qui lui avait déjà paru bourrée à craquer quand il était entré, s'emplissait encore de minute en minute.

D'abord vacarme infernal et discordant, la musique s'était peu à peu transformée en une sorte de doux murmure. Et le son des tam-tams mourut bientôt tandis que la frêle mélodie d'une flûte solitaire s'élevait dans l'arrière-salle.

Il se fit alors un grand silence et tout le monde retint son souffle. Puis un murmure de satisfaction monta dans l'assistance lorsqu'une petite procession s'avança, sortant de la pièce voisine.

Ce fut d'abord le tour de deux petits Noirs. Aussi impassibles que des statues d'ébène, les gamins portaient un grand panier fermé qu'ils déposèrent au milieu de la scène vide avant de se retirer au pied de l'estrade où ils s'immobilisèrent, les bras autour de leurs genoux ramenés devant eux.

C'est alors qu'*elle* fit son entrée. Elle avançait à

pas feutrés, donnant l'impression de flotter au-dessus du sol. Ses yeux mi-clos semblaient ne rien voir. Et son visage, figé, était dénué de toute expression.

Derrière elle se dressait le gigantesque charmeur de serpents au visage diabolique, sinistre et répugnant. Ses énormes bras pendaient, sa poitrine nue disparaissait presque complètement sous les anneaux d'un immense serpent noir enroulé autour de lui.

Ce fut l'homme qui ouvrit le spectacle. Bien que son numéro fût de très grande qualité, Caryll n'avait d'yeux que pour la jeune fille. Mais elle ne semblait même pas remarquer ce regard ardent qui la dévorait. A genoux sur le sol poussiéreux, elle s'était réfugiée auprès des petits Noirs et attendait son tour, visiblement perdue dans ses rêves.

Les applaudissements qui saluèrent le numéro préliminaire furent interrompus par un brouhaha qui s'était élevé à l'autre bout de la salle. Mais l'agitation, quelle qu'en fût la cause, ne tarda pas à se calmer. Caryll put seulement se rendre compte, en jetant un coup d'œil derrière lui, que la disposition des spectateurs avait changé : les nomades s'étaient massés devant la porte, bloquant ainsi la seule issue. Son attention fut cependant très vite détournée, car le tour de la jeune fille arrivait.

Lentement, elle se leva. Lentement, elle s'approcha du grand panier fermé auprès duquel le Maure s'était accroupi, une flûte indigène aux lèvres.

On n'entendait plus à présent que les battements sourds et rythmés des tam-tams.

Le pipeau du charmeur de serpents entama

enfin une mélopée, petit filet de musique, sur une gamme mineure, qui allait et venait comme la brise.

Le couvercle du panier se souleva, retomba, se souleva encore, glissa sur le côté. Et, des profondeurs ténébreuses, surgit une tête lisse et plate aux mâchoires béantes d'où sortait une langue mobile et pointue comme un dard. La tête montait, montait toujours plus haut, et à sa suite se déroulait, anneau par anneau, un long corps sinueux qui se balançait au rythme de la musique.

La jeune fille s'en approcha, une main tendue en avant, l'autre levée vers le plafond de la salle.

Le serpent émit un sifflement très doux, fit mine d'aller vers elle, hésita, avança, recula. Finalement, d'un mouvement vif, il se coula autour de son bras mince, glissa le long de ses épaules, puis autour de son autre bras.

Elle demeura ainsi quelques instants, statufiée. Puis, brusquement, elle secoua l'animal, le rattrapa au moment où il allait tomber et le souleva en l'étirant de tout son long au-dessus de sa tête. Et, tandis qu'elle se redressait, elle leva les yeux pour la première fois, fixant la marée de visages qui lui faisait face.

Mais cela ne dura que l'espace d'une seconde.

Un effroyable vacarme venait en effet d'éclater de nouveau du côté de la porte et des silhouettes vêtues de blanc se ruaient vers la scène. Caryll, qui s'était levé d'un seul élan avec toute la foule, sentit son cœur battre à tout rompre en découvrant que les nomades s'étaient rendus maîtres des lieux. Brandissant des fusils qu'ils avaient jusque-là dissimulés sous leurs manteaux, ils entouraient les spectateurs affolés comme un mur vivant.

La porte claqua. Puis le tumulte s'apaisa aussi vite qu'il avait éclaté. Et Caryll entendit alors, dans le silence qui suivit, le cri perçant de la jeune fille.

Fou de peur – il venait de comprendre à cet instant précis qu'il l'aimait –, il voulut se précipiter vers elle. Mais une poigne de fer le ramena en arrière. Et, tout en se débattant contre les nomades qui le tenaient, il put observer, en proie à une affreuse angoisse, la terrible transformation qui s'opérait sur le visage de la jeune fille.

Elle avait complètement oublié le serpent tombé à ses pieds et, les traits déformés par la terreur, manifestant pour la première fois un sentiment humain, elle écarquillait les yeux, comme un animal pris de panique.

C'était un homme qu'elle fixait ainsi. Un homme qui s'avançait à présent d'un pas dédaigneux parmi les rangs de nomades en blanc qui s'écartaient sur son passage. Jeune, grand, d'allure arrogante, son beau visage était marqué d'une cicatrice récente qui, lui barrant le front, entre son turban de soie et ses sourcils froncés, lui conférait un air étrangement sinistre.

Indifférent à la terreur qu'il inspirait, il fixait de ses yeux flamboyants la jeune fille qui se rétractait à son approche.

Dans la salle régnait un silence de mort, troublé seulement par le gémissement ininterrompu de la jeune fille et le bruit cadencé des pas de l'inconnu.

L'homme s'arrêta enfin devant elle. Et, tandis qu'elle s'effondrait sur le sol, cachant son visage dans ses mains, la silhouette menaçante de l'énorme serpent noir se dressa tout à coup entre eux.

Sifflant de colère, l'animal dardait vers l'intrus ses crocs monstrueux. Mais ce dernier l'écarta violemment d'un revers de la main pour se pencher sur la malheureuse écroulée à ses pieds.

Bien qu'elle fût déjà à demi inconsciente, il lui saisit la tête et l'obligea à rencontrer son regard. Puis il éclata d'un rire atroce, où l'amertume se mêlait au triomphe. Et, l'empoignant sans ménagements, il la jeta sur son épaule.

Ainsi chargé, jouant toujours avec le revolver qu'il tenait dans sa longue main brune, il promena sur la salle un regard impérieux. En se posant sur le Maure réduit à l'impuissance, ses yeux eurent une expression de mépris amusé. Ce fut ensuite au tour de Caryll, stupéfait, de devoir soutenir l'éclat de ses prunelles.

Sur quoi, éclatant encore de rire, le jeune Arabe fit feu sur la lampe allumée au-dessus de sa tête et se précipita vers la sortie.

Tandis qu'il courait, une salve de mousqueterie fit écho à son coup de revolver et la pièce fut plongée dans l'obscurité.

Dans la cohue qui suivit, Caryll sentit les doigts de fer, qui n'avaient jamais relâché leur étreinte, se refermer encore plus fermement sur ses poignets. Et, malgré ses efforts désespérés, il fut entraîné, à travers l'arrière-salle également plongée dans la pénombre, jusqu'à une porte dérobée ouvrant sur un dédale de ruelles obscures.

Son propre sort lui importait peu. Et s'il luttait comme un fou pour se libérer des deux hommes qui l'entraînaient dans la nuit au pas de course, c'était dans le but de lui venir en aide à elle, de la sauver coûte que coûte.

Pourtant il savait bien, au fond de son cœur, que cette histoire n'était plus de son ressort, que l'enlèvement auquel il venait d'assister, loin d'être un incident isolé, fruit d'un hasard quelconque, faisait partie d'un ensemble plus vaste et relevait directement de l'épais mystère enveloppant la jeune fille qu'il aimait.

De toute évidence, l'auteur de cet audacieux coup de main n'était pas un inconnu pour les principaux intéressés. Car la victime avait bel et bien reconnu son agresseur.

Il comprit alors que sa brève histoire d'amour avait pris fin et qu'il n'y avait pas de rôle pour lui dans ce drame du désert qu'il n'avait fait que côtoyer sans en comprendre le sens.

Même s'il avait pu se lancer à la recherche de cette enfant accablée par le destin, cela eût été en vain. Mais, de toute façon, il était prisonnier – et que pesait sa force face à celle des deux colosses qui le contraignaient à courir par des ruelles dont il n'avait jamais soupçonné l'existence, vers une destination inconnue?

Etourdi, abasourdi, le cœur cognant contre les côtes, il commençait à se demander comment cette partie de l'aventure allait se terminer quand les hommes ralentirent tout à coup. Et, à son intense surprise, Caryll se retrouva devant la porte de son hôtel.

Tout en reprenant son souffle, il comprit que ces hommes n'étaient nullement des assassins et ne lui voulaient, au contraire, que du bien. Mais comme il se retournait pour les interroger, il s'aperçut que l'un d'eux avait déjà disparu. Quant à l'autre, avant même que Caryll ait eu le temps de l'examiner, il sembla se fondre dans la nuit tout en murmurant :

– Dites à M. le vicomte de Saint-Hubert que Daoub Ben Ali vient de payer une dette.

Ce mystérieux message résonnait toujours à ses oreilles tandis que, titubant, il s'engouffrait dans le hall de l'hôtel.

4

Une fois dehors, le fils du Cheik s'arrêta dans l'ombre pour savourer les échos du vacarme qui faisait rage dans l'enceinte du *Café Maure.*

Un bizarre sourire aux lèvres, il ôta son burnous et le drapa autour du corps de la jeune fille, toujours inanimée. Puis, étreignant son léger fardeau, il reprit sa route en direction des Tombes des Rois, comme s'il envisageait de quitter Touggourt.

Il n'avait pas croisé âme qui vive depuis qu'il était sorti du *Café Maure,* et il était sûr que personne ne l'avait suivi.

L'étrange atmosphère qui baignait le paysage désolé, la beauté impressionnante de la nuit étoilée, tout semblait, ce soir, en harmonie avec l'humeur du jeune Ahmed Ben Hassan.

Cela faisait des semaines qu'il rêvait de cette nuit, des semaines qu'il se préparait à prendre cette revanche, et l'ivresse de son triomphe lui montait à la tête tandis qu'il courait dans les ténèbres. Il avait mené à bien la tâche qu'il s'était assignée! Il venait d'accomplir la première partie de sa vengeance!

Mais s'il avait réussi, c'était à Ramadan et à S'rir qu'il le devait : sans eux, il n'aurait pas vécu assez longtemps pour s'acquitter du serment qu'il s'était fait à lui-même alors qu'il était prisonnier dans la cabane sordide où ils l'avaient trouvé.

Les heures qui avaient suivi sa délivrance étaient recouvertes pour lui d'un épais voile noir. Il ne gardait aucun souvenir des efforts que ses hommes avaient dû déployer pour le tirer de sa geôle, ni de la chevauchée pendant laquelle il avait reposé, inconscient, dans les bras vigoureux de Ramadan – tandis que S'rir suivait, menant à la longe l'étalon noir qu'ils avaient retrouvé avant de se lancer sur la piste qui les avait conduits jusqu'au village abandonné où on avait transporté leur maître.

La douleur, seule, fut capable de le tirer de son évanouissement lorsque ses fidèles serviteurs, pour lui remettre l'épaule en place, lui avaient savamment tordu le bras.

Une fois revenu à lui, il avait opposé une résistance farouche aux tentatives de ses compagnons désireux de le convaincre de regagner le campement de son père. Il avait prêté serment, et rien au monde n'aurait pu le faire changer d'avis. Il n'avait d'ailleurs guère eu de mal à éveiller chez les deux frères une soif de vengeance aussi grande que la sienne propre.

Tandis qu'il se remettait de ses blessures dans une maison amie, Ramadan et S'rir s'étaient mis en chasse. Et c'était grâce à eux qu'Ahmed avait eu connaissance de la présence du charmeur de serpents à Touggourt. C'était encore grâce à eux qu'il avait appris que la fille avait le droit de se promener librement dans la ville.

Il aurait donc pu l'enlever sans courir de risques. Mais cette solution, trop facile, ne lui plaisait pas. Il avait médité une vengeance aux formes plus dramatiques – et par conséquent plus satisfaisante pour son orgueil : il la prendrait, oui, mais au nez et à la barbe des hommes qui l'avaient utilisée comme appât pour s'emparer de lui.

En distribuant de larges sommes d'argent, Ramadan et S'rir avaient rassemblé une foule hétéroclite de nomades véritables et d'oisifs qui se feraient passer pour tels, tous trop heureux de participer à un coup de main dont la victime serait un Maure que ses croyances religieuses rendaient suspect à leurs yeux de bons musulmans.

Après cet enlèvement – et seulement après –, il se lancerait sur la piste du sinistre trio et de leur repaire secret afin d'en savoir davantage sur les activités de ces étrangers dont le langage inconnu et la conduite bizarre avaient éveillé en lui les pires soupçons.

De simples suppositions ne lui suffisaient pas. Il voulait des faits précis, des preuves qu'il pourrait communiquer aux autorités françaises. Il ferait ainsi d'une pierre deux coups : il rendrait service à l'Administration tout en vengeant une offense personnelle.

Le trouble qui semblait s'être emparé du pays le préoccupait bien plus que son père ne le pensait, et l'épreuve qu'il venait de traverser l'avait incité à réfléchir plus qu'il ne l'avait jamais fait au cours de son insouciante existence.

Alors qu'il ne poursuivait que son plaisir, il s'était trouvé confronté avec un secret qui semblait lourd d'une inquiétante signification. Et l'aventure un peu folle dans laquelle il s'était lancé sans réfléchir était devenue un jeu dangereux qui avait déjà failli lui coûter la vie.

Dès le début, il avait compris qu'on l'avait pris pour quelqu'un d'autre. Et plus il pensait aux questions qu'on lui avait posées, et aux menaces qu'on lui avait faites, plus il était persuadé qu'il y avait un lien entre ce trio hétéroclite et le mystérieux malaise qui s'était emparé du pays.

Sa réapparition inattendue ne manquerait pas d'éveiller leur méfiance et de les mettre sur leurs gardes. Mais pour l'instant, ils étaient à sa merci. Car à moins de compter sur plus de complicités qu'il n'en disposait lui-même, ils ne pouvaient quitter Touggourt sans qu'il en soit immédiatement averti.

Cela faisait des semaines qu'il préparait son coup et, ce soir, il allait cueillir les premiers fruits de sa victoire. Ce soir, il tenait dans ses bras cette femme qu'il haïssait désormais, mais qu'il désirait toujours avec autant de passion.

Pourquoi donc la désirait-il tellement? Pourquoi le seul fait de la posséder lui semblait-il infiniment plus important que tout ce qu'il ferait payer ensuite à ceux qui s'étaient servis d'elle?

Dans ce pays où l'amour revêt des formes si violentes, où les passions humaines sont encore si primitives, bien des femmes auraient payé de leur vie une trahison moins grande que la sienne. Mais il ne voulait pas qu'elle meure. Il la voulait vivante, pour qu'elle souffre ce qu'il avait souffert, pour qu'elle reconnaisse qu'il était son seigneur et maître et que son sort dépendait de lui seul.

Emporté par l'instinct barbare qui couvait en lui, il fronça les sourcils en la regardant, tandis que ses lèvres esquissaient un sourire empreint de cruauté.

Il la savait revenue à elle, bien qu'elle gardât le silence. Ne la sentait-il pas trembler dans ses bras? Ne percevait-il pas tout contre lui les battements affolés de son cœur? Ah, elle pouvait trembler, elle qui avait si bien su lui mentir! Ce n'était pas cet air d'innocence enfantine dont elle savait si bien jouer qui l'inciterait à l'épargner une seconde fois! Il la ferait sienne! Il la garderait prisonnière le temps que durerait son désir! Et puis, bonsoir!

Parvenu aux remparts de Touggourt, il avança avec précaution dans l'ombre des murailles. Ses yeux fouillaient les ténèbres, et son cœur battait plus fort à mesure qu'il approchait de son but. Il finit par s'arrêter devant la lourde porte de la maison qu'il cherchait.

Quelques coups discrets suffirent pour que le battant s'ouvre sur un corridor, étroit et sombre, menant à une cour intérieure. Là, des arbustes en fleur entouraient un palmier solitaire qui dressait sa tête hautaine vers le ciel étoilé.

Traversant la courette à grandes enjambées tandis qu'un serviteur invisible repoussait silencieusement les verrous dans son dos, le fils du Cheik atteignit une antichambre aux murs ornés d'armes anciennes et d'accessoires pour la chasse au faucon. Sans s'y attarder, il ouvrit, du pied et de l'épaule, une nouvelle porte donnant sur une pièce de plus vastes dimensions.

Dans ce salon, décoré avec un luxe extraordinaire, pénétré d'une sorte de sensualité subtile et où se trouvaient rassemblés des meubles arabes et français, régnait une atmosphère à la fois voluptueuse et indolente.

Avec ses nuages d'encens, ses fleurs répandues à profusion, ses lourdes tentures et ses épais tapis de Guemar qui étouffaient le bruit des pas, ce lieu faisait à l'homme du désert – pourtant habitué au luxe pour y avoir été élevé – l'effet d'une prison.

Mais, après tout, n'était-ce pas de prison que cette maison allait servir tant qu'il n'aurait pas étanché sa soif de luxure?

Au fond de l'appartement se trouvait une chambre à laquelle on accédait par un passage voûté, dissimulé derrière des rideaux de soie.

Plus petite que la pièce précédente, cette dernière était meublée avec autant de magnificence, et contenait le même mélange de mobilier oriental et européen.

C'est dans cette chambre du fond, cette prison à l'intérieur d'une prison, qu'il la mit enfin sur ses pieds, la dégageant des plis du burnous qui l'étouffaient.

Elle eut un mouvement de recul sous la lumière violente et vacilla, prise de vertige. Mais elle n'avait pas un regard pour la chambre. Ses yeux emplis d'épouvante restaient fixés sur le visage sombre du jeune homme – visage qui n'avait plus rien de commun avec celui, si gai et insouciant, dont elle gardait le souvenir. Un étonnement plein d'appréhension se mêlait à la terreur qui déformait ses traits et, portant ses mains menues à sa gorge palpitante, elle s'approcha lentement de lui. Puis, poussant un cri étranglé qui tenait à la fois du gémissement et du sanglot, elle voulut se jeter dans ses bras.

– Ils... ils m'avaient dit.. que vous... que vous étiez... *mort*! parvint-elle à prononcer en suffoquant.

Mais, devant le regard lourd de menaces qu'elle rencontra, la joie soudaine qui avait envahi ses yeux se dissipa aussi vite qu'elle était apparue tandis que, avec un petit rire plein d'arrogance, il s'écartait pour se mettre hors d'atteinte de ses mains tremblantes.

– Nous ne mourons pas si facilement que cela, dans la famille de mon père, répondit-il sèchement. Nous restons en vie, afin de faire payer à nos ennemis – et au centuple! – le mal qu'ils nous ont fait. Tu as joué ton sale petit jeu... mais tu as perdu, pauvre idiote!

Elle recula avec un geste de surprise.

– Moi, j'ai joué? fit-elle d'une voix altérée.

Jetant pour la première fois un coup d'œil furtif autour d'elle, elle eut l'air affolé d'un animal pris au piège.

– Il n'y a pas de fenêtre! railla-t-il. C'est une prison plus sûre que celle dans laquelle vous m'aviez conduit.

– Que voulez-vous dire? gémit-elle. Oh, mon amant! Qu'ai-je donc fait pour que vous ayez ainsi changé?

– Ce que vous avez fait? reprit-il durement. Vous me le demandez? Vous m'avez mystifié avec vos faux serments d'amour et vos baisers pour laisser le temps de venir à ceux qui vous ont si bien appris à mentir!

Avec un cri déchirant, elle se jeta à ses pieds, lui entourant les jambes de ses bras frémissants.

– Jamais je ne vous ai menti! Oh, mon doux Seigneur! Croyez-moi! Je vous aime!

– Et combien d'hommes avez-vous ainsi aimés avant moi? répliqua-t-il avec amertume. Combien d'hommes avez-vous trahis comme vous m'avez trahi, moi?

Un violent frisson la secoua, et une lueur

d'incrédulité brilla dans ses yeux emplis d'horreur.

– Vous croyez que je vous ai trahi? murmura-t-elle en tremblant.

Sans bouger, il lui jeta un regard sombre.

– Je ne suis plus l'aveugle que j'étais! s'écria-t-il fougueusement. Dieu que j'étais bête! Comment n'avais-je pas compris tout de suite pourquoi tu étais tombée dans mes bras ce matin-là, toi qui avais toujours été si réservée jusque-là? Ah, tu as dû bien rire en voyant que je te respectais à cause de mon amour pour toi! Mais, par Allah! tu as fini de rire, à présent! Et tu vas souffrir jusqu'à ce que je sois las de te torturer!

La rage faisait trembler sa voix. Relevant la tête, elle le considéra d'un air étrange.

– Etes-vous donc sans pitié, Seigneur? N'ai-je pas déjà été assez malheureuse? Ne m'ont-ils pas déjà assez battue lorsque je vous ai pleuré? Ne m'ont-ils pas presque fait mourir de faim quand j'ai refusé de répondre aux avances des deux individus qui accompagnaient mon maître? Ils avaient juré qu'ils finiraient bien par m'avoir, que je ne serais libre qu'à Touggourt. Mais j'aurais préféré mourir plutôt que de me soumettre à leurs désirs. Comment aurais-je pu accepter, puisque c'était vous que j'aimais?

– C'était *moi* que tu aimais? *Moi?* Ou bien cet autre étranger, ce jeune gandin aux cheveux clairs qui était au *Café Maure,* ce soir? C'était sans doute pour pleurer avec lui ton amant mort que tu lui donnais rendez-vous dans tous les endroits déserts de Touggourt?... Hein? qu'as-tu à répondre à cela? grinça-t-il en la voyant tressaillir. Est-ce que tu comptais lui jouer le même genre de tour qu'à moi? Ou bien est-ce que, celui-là, tu l'aimes pour de bon, ô jeune fille aux innombrables amants?

– Jamais je n'ai aimé cet homme! Jamais je n'ai aimé personne que vous! Quand donc me croirez-vous enfin? dit-elle dans un transport.

Poussant un juron, il se libéra de l'emprise de ses mains tremblantes.

– A mon tour de te dire « jamais », puisque tu sembles tant aimer ce mot! Par Allah, je ne te croirai *jamais*!

Toujours à ses pieds, elle s'accrochait à lui comme une folle. Ses petits seins, soulevés par les sanglots, palpitaient tout contre ses genoux. La tête rejetée en arrière, elle le suppliait.

– Seigneur, puisque je vous jure...

– N'as-tu pas déjà fait assez de faux serments comme cela?

S'arrachant à son étreinte, il s'en fut dans la pièce voisine. Et là, serrant les poings, il se mit à arpenter les tapis, donnant des coups de pied dans les coussins aux broderies multicolores qui se trouvaient sur son passage. Puis, comme un faible bruit de sanglots filtrait à travers les rideaux de soie, une flambée de colère embrasa son cœur.

L'idiote! S'imaginait-elle donc que ses larmes suffiraient à le convaincre? Croyait-elle le séduire une seconde fois grâce à l'extraordinaire beauté de son visage et de son corps? Il lui avait donné son amour et elle l'avait trahi. Il lui avait fait confiance et elle lui avait menti. Et maintenant, pour éviter le châtiment, elle était bien capable de lui mentir encore...

Heureusement, Ramadan et S'rir ne tardèrent pas à arriver; le premier, grave comme à l'accoutumée, le second, arborant son éternel sourire énigmatique.

– Des ennuis?

Ramadan haussa légèrement les épaules.

– Non, Seigneur, répondit-il avec comme une note de regret dans sa voix profonde. Tout s'est passé ainsi que vous l'aviez ordonné, qu'Allah en soit loué. Il y aura bien quelques bleus demain matin, mais personne n'a été blessé. Le Maure n'avait rien de compromettant sur lui. En revanche, dans les poches du plus âgé de ses acolytes étrangers, nous avons trouvé... ceci. (Il posa sur la table un épais calepin.) Nous les avons laissés ligotés tous les trois au fond d'un fossé, avec un couteau à côté d'eux, comme vous l'aviez indiqué. Ils se seront libérés avant demain matin, qu'Allah les maudisse! On aurait mieux fait de les tuer, Seigneur, ils souillent la terre de leur présence.

Sans relever le commentaire de son compagnon, Ahmed s'empara du calepin et jeta un coup d'œil rapide sur son contenu. Hélas, les feuillets en étaient couverts de mots serrés, écrits dans une langue inconnue de lui. Il rejeta le carnet sur la table avec un geste dégoûté, s'essuyant les mains comme s'il avait touché un objet malpropre.

Avant de congédier ses hommes, Ahmed les retint encore quelques instants afin d'écouter le récit détaillé du travail qu'ils avaient accompli et de leur donner ses consignes pour le lendemain.

Il resta encore à contempler le calepin d'un air sombre longtemps après leur départ. S'il contenait bien ce qu'il pensait, plus vite il serait entre les mains des autorités, mieux cela vaudrait. Il avait l'intuition profonde de ne s'être pas trompé sur ces étrangers, et que leur présence représentait une menace pour son pays.

Demain, ce calepin serait remis au Commandement militaire, accompagné d'un petit mot d'explication pas trop compromettant.

Et demain, il continuerait à traquer sa proie.

Mais il n'en était pas encore à demain...

Un flux de sang empourpra son visage hâlé par le soleil et, sautant sur ses pieds, il se remit à arpenter le salon de long en large, comme il l'avait fait une heure auparavant. Il allait et venait d'un mur à l'autre. Son visage était impénétrable, mais son cœur cognait à grands coups. Car si l'amour qu'il avait éprouvé pour cette femme était mort, le désir qu'il avait d'elle n'avait rien perdu de sa violence. Désir qui le dévorait et faisait bouillonner le sang dans ses veines. Désir qui montait en lui et le consumait comme un feu dévastateur. Désir si violent qu'il en devenait douloureux, au point que des mots incohérents en venaient à s'échapper, de temps à autre, de ses lèvres serrées.

Les yeux brûlants, le corps tout entier frémissant sous l'empire de la passion, il s'arrêta devant la porte de la chambre et leva vers la tenture de soie une main qui tremblait...

Mais sa main retomba, agitée d'un tic convulsif. Et, poussant un grognement, il fit demi-tour.

Pourtant, elle lui avait menti. Alors pourquoi donc devrait-il l'épargner? Pourtant, elle l'avait trahi. Alors pourquoi donc ne la punirait-il pas?

Pitié? Douceur? Bonté?... Dérision que tout cela. Fini. Terminé. Parti en fumée en même temps que son bel amour, son premier amour.

Et puis, quoi! il avait fait un serment! Et, par Allah! il le respecterait!

Elle était sa chose, il pouvait faire d'elle ce qu'il lui plairait.

Et, brusquement, les digues se rompirent en lui. Dévoré par un désir physique impossible à refréner, n'écoutant plus que ce besoin irrépressible qui le dominait, il se dirigea vers la porte, le cœur battant à tout rompre.

Pourtant, il s'arrêta encore une fois sur le seuil de la chambre, la main tendue en avant et le visage défait.

Puis, étouffant un juron, il écarta violemment les rideaux.

Il faisait déjà jour lorsqu'il se leva sans bruit et s'attarda à la regarder, l'air sombre et las.

Elle avait quand même fini par s'endormir d'un sommeil sans rêves et reposait à présent avec la grâce d'une enfant, une main enfouie dans ses cheveux répandus sur l'oreiller, l'autre agrippant le couvre-lit de soie.

Son visage conservait, même dans le sommeil, une expression de tristesse. Les commissures de ses lèvres entrouvertes tombaient légèrement et ses cils recourbés étaient encore mouillés de larmes.

Comme elle était belle! Comme elle avait l'air jeune! Mais qu'avait-il à faire de sa beauté, à présent? Miséricordieux Allah! Si seulement il pouvait oublier!

Il frissonna au souvenir de la nuit qu'il venait de vivre. Que lui avait apporté sa vengeance? Il avait tenu son serment, mais n'en avait nullement tiré le plaisir escompté. Elle avait payé, en larmes et en souffrances, comme il s'était promis de la faire payer, mais sa victoire lui laissait dans la bouche un goût de cendre et son cœur était déchiré par une douleur sourde dont il ne comprenait pas l'origine. Amer, irrité, il s'éloigna lentement.

Après avoir fait sa toilette et s'être rasé, il écrivit les quelques lignes qui devaient accompagner le calepin suspect qu'il voulait envoyer anonymement au Commandement militaire. Le pli une fois clos, il se prépara pour la suite des opérations.

Et c'est ainsi que, une demi-heure plus tard, un nomade crasseux, pieds nus et en haillons, sortit silencieusement de la maison endormie, une grande enveloppe sous le bras.

La chance avait souri à Ahmed en lui faisant rencontrer, au détour d'une venelle débouchant sur la place d'Armes, un jeune sportsman français avec lequel il entretenait une vieille et solide amitié. Grâce à l'entregent de celui-ci, le pli parviendrait entre les mains du gouverneur militaire sans se perdre dans les méandres de la voie hiérarchique. Et ce n'était pas un Bertrand de Préfont qui, s'il y avait maldonne, irait dénoncer son meilleur ami.

Mais le fils du Cheik retrouva son air sombre en songeant à la plaisanterie que le Français s'était permise...

Ainsi, c'était à son frère, à son « honorable frère » en personne que Jasmine donnait rendez-vous « dans tous les endroits déserts de Tougourt »!

Ainsi, c'était son jumeau, Caryll, qu'il avait vu la veille au *Café Maure*!

Au moment où leurs regards s'étaient croisés, quelque chose l'avait intrigué dans l'aspect du « jeune gandin », une ressemblance qu'il n'avait pu définir : le visage de ce jeune homme aux cheveux clairs lui avait semblé étrangement familier. Maintenant, il n'y avait plus aucun doute. C'était sa ressemblance avec « petite mère » qui l'avait frappé.

Par Allah! Que de complications en perspective!

Etait-ce par amour pour son frère qu'elle s'était si farouchement débattue dans ses bras, cette nuit?

Tonnerre de Dieu! Aucun frère au monde ne pourrait la lui enlever! Pas tant qu'il n'aurait pas décidé lui-même de s'en débarrasser!

Lorsqu'il rentra, la maison paraissait aussi endormie qu'à l'heure où il l'avait quittée. Décidément, les serviteurs de Sliman, l'homme qui avait laissé sa demeure à sa disposition, étaient soit très paresseux, soit fort bien dressés à passer inaperçus.

Mais la seconde hypothèse semblait la bonne. Car quand il trouva la jeune fille dans le salon où l'encens et les parfums les plus rares alourdissaient l'atmosphère en la chargeant d'une insidieuse sensualité, il constata au premier coup d'œil que ses ordres avaient été exécutés à la lettre.

Le changement opéré dans l'apparence de la jeune sauvageonne était stupéfiant. Déjà belle dans les pauvres haillons qui la couvraient la veille, la tenue somptueuse dont elle était maintenant parée la rendait dix fois plus ravissante encore.

Un caraco brodé, porté sur deux guimpes

superposées de couleurs subtiles, laissait entrevoir un vêtement de la gaze la plus fine qui découvrait sa gorge délicate et le troublant renflement de ses jeunes seins. Sa taille fine était serrée dans les plis d'une *fouta* de soie sous laquelle elle avait revêtu de larges pantalons de satin qui lui descendaient presque aux chevilles.

Elle était nu-pieds, l'une de ses petites mules à hauts talons à demi enfilée, l'autre abandonnée au milieu d'un fouillis de bagues, bracelets et colliers précieux qui jonchaient le sol.

Le visage d'Ahmed s'assombrit en voyant ses bijoux ainsi dédaignés.

Pelotonnée parmi les coussins d'un vaste divan, elle n'avait fait aucun mouvement lorsqu'il était entré, si bien qu'il la crut d'abord endormie.

Mais en s'approchant, il vit qu'elle avait les joues en feu et frissonnait en s'enfonçant plus profondément dans le nid douillet des coussins.

Avec sa brusquerie coutumière, il alla droit au cœur du sujet qui le préoccupait et l'assaillit de questions abruptes sur le Maure, s'adressant à elle d'une voix dure – celle d'un maître sûr de son autorité.

Elle écouta sans un mot, sans un geste, sans même lever les yeux, ne réagissant pas plus que si elle avait été sourde et aveugle.

Son silence et son calme agaçaient profondément Ahmed, mais une certaine surprise se mêlait à sa colère tandis qu'il détaillait sa silhouette menue.

Brusquement, il fit un pas vers elle.

– Parle, femme! dit-il d'un ton menaçant.

Pour la première fois, elle leva la tête. Ses lèvres entrouvertes étaient agitées d'un tremblement convulsif.

– Vous m'avez accusée de déloyauté, murmura-t-elle. Voudriez-vous à présent que je trahisse mon père?

– Tu m'as dit toi-même cent fois qu'il n'était pas ton père!

Elle baissa vivement ses cils frémissants, dissimulant ainsi son regard.

– Il est le seul père que j'aie jamais connu, murmura-t-elle encore, tandis que sa petite bouche dessinait une moue aussi obstinée que celle d'Ahmed. Vous pouvez me tuer, je ne dirai rien.

Pris d'une rage muette, il la fixa un instant. N'eût été le sang anglais qui coulait dans ses veines, il l'aurait battue jusqu'à ce qu'elle parlât. Mais il se contenta d'éclater d'un rire dur en se détournant pour arpenter la pièce.

– Tu ne vaux même pas que l'on se donne la peine de te tuer! dit-il avec mépris. Et j'ai d'autres moyens pour te faire parler!

Frissonnant sous cette menace, elle prit un air étrange et glissa la main vers la large ceinture enroulée autour de sa taille. De dessous ses longs cils, elle le regardait aller et venir à la dérobée, et son corps souple tremblait tandis qu'elle bandait lentement ses muscles.

Il revint se planter devant elle, le visage impassible, faisant sur lui-même un effort surhumain.

– Pour ton propre bien, femme, dis-moi ce que tu sais! fit-il d'une voix plus douce. Dans quel but ces hommes sont-ils en Algérie? Quelle mission secrète les envoie causer du tort à un autre peuple? Quel lien y a-t-il entre ton « père » et ces étrangers? Tu ne peux savoir à quel point ton silence pourrait être fatal à ce pays enfin parvenu à vivre dans la paix.

– Que m'importe votre pays? répliqua-t-elle d'un ton plein de mépris. En quoi les secrets de mon père peuvent-ils vous concerner, vous, le fils d'une race d'esclaves qui courbez la nuque sous le joug de la France? Au Maroc, nous sommes libres, et nos femmes ont plus de courage que vos compatriotes – des hommes qui, comme vous, gaspillent leurs forces en s'adonnant au plaisir. Au Maroc, nous, les femmes, nous ne rampons pas devant un homme qui abuse de nous, nous le frappons... comme je vous frappe!

Raidissant son petit corps rompu aux exercices physiques, elle s'était approchée de façon imperceptible avant de bondir avec la souplesse d'un félin et de diriger la lame de sa dague, tirée de sa *fouta,* droit sur le cœur d'Ahmed.

La pointe de la dague n'était qu'à quelques millimètres de sa poitrine lorsqu'il lui saisit le poignet entre ses doigts d'acier et la repoussa violemment en arrière.

Et, tandis qu'elle basculait sur le sofa, il se jeta sur elle de tout son poids, écrasant le corps fragile au point de se demander lui-même si les côtes de la malheureuse n'allaient pas se briser sous la pression impitoyable qu'il exerçait. En même temps, il lui serrait le poignet de plus en plus fort, faisant de ses doigts un étau implacable jusqu'à ce que, étouffant un gémissement, elle ouvrît la main pour laisser échapper le poignard.

Tout en cherchant à reprendre son souffle, elle leva les yeux vers le visage du jeune homme, déformé par la colère et brûlant de la passion que l'étroit contact de leurs corps faisait renaître en lui. Elle lui tint tête un instant, le fixant de ses pupilles encore dilatées par la colère. Puis, tout d'un coup, ses muscles contractés se relâchèrent, et elle se fit toute molle entre ses bras, sanglotant comme jamais personne n'a sangloté.

Nullement ému par ses larmes, il l'envoya rouler sur le tapis en éclatant d'un rire sardonique.

– Qu'Allah te prenne en pitié, pauvre idiote! vociféra-t-il. Car tu n'en as aucune à attendre de moi!

Elle entendit la porte claquer derrière lui et resta affalée sur le sol, pleurant comme si son cœur allait se briser.

Dire qu'elle avait voulu le tuer, lui dont la vie lui était plus chère que la sienne propre!... Et si elle l'avait touché? Si elle l'avait blessé? Lui, son seigneur et maître!... Qu'est-ce que cela pouvait bien faire qu'il soit cruel? Tous les hommes le sont... Et ne lui appartenait-elle pas corps et âme? Ne devait-elle pas se soumettre à ses moindres caprices?

D'ailleurs, quoi qu'il lui fît, elle ne pouvait que l'aimer, de toute son âme, en attendant que se dissipe cette folie qui s'était emparée de lui et qu'il l'aime de nouveau.

Un jour, il comprendrait qu'elle ne lui avait pas menti, qu'elle n'avait jamais été au courant de ce guet-apens, bien que toutes les apparences fussent contre elle.

Et voilà que, pour le mettre en colère, elle avait feint d'en savoir plus qu'elle ne faisait! Or, tout ce qu'elle pouvait lui révéler, c'était l'emplacement du repaire du Maure – rien de plus. Car qu'avait-elle à faire des secrets de cet homme qui l'avait maltraitée depuis sa plus tendre enfance?

L'image du Maure se mêlait à des souvenirs vagues, semblables à un rêve, le rêve d'un temps où elle était caressée par des mains douces et où une voix délicieuse lui chantait des berceuses à demi oubliées qui la hantaient de temps à autre.

Elle ne pouvait cependant se résoudre à le trahir, obéissant en cela à un sentiment étrange qu'elle ne comprenait pas. Mais il n'était rien pour elle, car elle n'avait jamais été qu'une esclave à ses yeux.

Sa vie n'avait été qu'une longue suite de souffrances – jusqu'au jour où elle avait rencontré l'amour, jusqu'au jour où il était apparu, lui, son amant, dans toute son éblouissante splendeur.

Et il l'avait aimée, lui aussi, pendant ces quelques heures de bonheur qui lui avaient été accordées.

Le visage enfoui dans l'épais tapis, elle se mit à prier. Puis elle pleura encore, jusqu'à n'avoir plus de larmes. Et elle finit par reposer, brisée. Son cerveau fatigué lui faisait mal, tout son petit corps endolori souffrait encore des meurtrissures que lui avaient infligées ses mains exigeantes et brutales.

La vie n'était-elle rien d'autre qu'une longue souffrance? se demandait-elle en revoyant défiler les dernières semaines qu'elle avait vécues. Souffrance si atroce qu'elle avait fini par se réfugier dans une totale insensibilité, habitée seulement du souvenir lumineux de ce bonheur qui lui avait été ravi.

Ces hommes sans pitié lui avaient fait croire que son amant était mort. Et la violence de son chagrin avait accru leur hargne. Elle n'avait plus été soutenue que par l'espoir d'échapper à la cruauté du monstre qui l'avait torturée depuis sa plus tendre enfance.

Elle avait toujours eu peur de lui, tremblé devant lui, prise d'une horreur et d'un dégoût instinctifs. Mais jamais elle n'avait éprouvé de haine à son égard avant ce jour où il l'avait forcée à regarder le sang qui tachait ses mains en lui assurant que c'était celui de son amant.

Son amant!... Elle fut secouée d'un profond sanglot. Aucun amant n'aurait fait ce qu'il lui avait fait la nuit dernière... Il ne l'aimait plus! Et lorsqu'il reviendrait...

Elle se releva, tremblante, et regarda autour d'elle avec tristesse.

Lorsqu'il reviendrait, eh bien, l'amour lui donnerait la force de supporter tout ce qu'il lui plairait de lui faire subir. Car rien ne pourrait tuer en elle cet amour passionné qui la dévorait comme un feu ardent.

Ses yeux errèrent sur les bijoux éparpillés qu'elle avait dédaignés et tombèrent sur le poignard resté sur le tapis, à l'endroit même où elle l'avait laissé choir. Avec un cri déchirant, elle s'en saisit et le lança de toutes ses forces à l'autre bout de la pièce. Puis elle s'écroula sur le sofa, accablée par la douleur, et enfouit son visage dans les coussins.

5

– C'est notre dernière halte avant d'arriver, Caryll!

La voix joyeuse de Saint-Hubert fit l'effet d'une gifle au jeune homme qui se morfondait au sommet de la dune où il était assis, le dos au vent.

Il faut dire qu'il était loin de se sentir d'humeur badine, ce matin-là. Depuis le jour où ils avaient quitté Touggourt, il n'avait cessé de maudire chaque heure de ce mortel voyage. Et, pour couronner le tout, il n'avait plus manqué que cette puérile démonstration d'enthousiasme, lorsqu'une cinquantaine d'hommes de la tribu de son père étaient venus prendre la relève de l'escorte qui les avait accompagnés depuis Touggourt.

Ah, il avait dû avoir l'air malin, avec cette horde de sauvages qui galopaient autour de lui en poussant des hurlements et en brandissant leurs fusils!

En outre, Caryll ne pouvait s'empêcher de repenser sans cesse à la nuit de cauchemar qu'il avait vécue à Touggourt, ville désormais liée pour lui à cet amour si bref qui avait illuminé le calme horizon de son existence.

Pour la première fois de sa vie, il avait ressenti cet élan mystérieux qui pousse un homme vers une femme. Pendant quelques semaines, il avait été la proie d'émotions totalement étrangères à sa nature. Eh, oui! il avait réellement vécu tout cela, lui, le jeune aristocrate anglais pétri de préjugés, même si, le temps passant, il eut tendance à considérer cette histoire comme un rêve absurde. Mais, tout absurde, tout irréalisable qu'ait pu être ce rêve, il savait qu'il ne pourrait jamais l'oublier. Il pourrait aimer d'autres femmes, mais le souvenir de son premier amour l'accompagnerait toute sa vie – souvenir empreint à la fois d'amertume et de tendresse, qui le hanterait à jamais, comme le hantait encore aujourd'hui le visage de cette jeune fille.

Où pouvait-elle bien être, à présent? Quel sort avait-elle subi, entre les mains de ce jeune bandit à la beauté diabolique, qui l'avait enlevée de si audacieuse façon? Enfermée dans quelque prison dorée, était-elle contrainte de subir les caresses ou les coups de son ravisseur, au gré de son caprice? Ou bien avait-elle déjà été abandonnée, comme un jouet mis au rebut?

Ah, si seulement il avait pu prendre sa défense! Mais lorsqu'il était arrivé à l'hôtel, ce soir-là, Saint-Hubert n'était pas encore rentré. Et c'était bien en vain que, le lendemain matin – tout en dissimulant ses véritables sentiments –, il avait tenté de l'intéresser au sort de la jeune fille.

Le vicomte l'avait dissuadé de se lancer dans des recherches pour retrouver une saltimbanque disparue. Il était hors de question que Caryll se trouvât mêlé à une affaire dont il n'avait été que le témoin et qui ne le concernait en rien. Un rapt était ici chose banale, hélas, et l'Algérie n'était pas l'Angleterre. A preuve le peu de suites « légales » qu'avait eues le coup de main. Le gouverneur militaire avait bien reçu un mystérieux paquet qui pouvait avoir un rapport avec cette affaire. Mais à part ça? Envolé le ravisseur, le charmeur de serpents avait disparu à son tour, sans même porter plainte. Quant à la foule qui se pressait ce soir-là dans l'enceinte du boui-boui, il devait s'agir de spectateurs fantômes : la police n'avait trouvé personne, de par la ville, qui n'affirmât avec la plus parfaite candeur tout ignorer d'une prétendue bagarre au *Café Maure*.

– Tu vois bien qu'il n'y a rien à faire. Et puis

n'oublie pas ton rang, mon petit, avait-il ajouté en guise de conclusion. Tu n'as pas à te mêler des histoires de cœur et des enlèvements de filles des rues à la réputation douteuse.

Tous les arguments de Saint-Hubert avaient réveillé le sens des convenances bien ancré chez Caryll, et sa bonne éducation de gentleman anglais avait fini par étouffer la voix de son jeune amour.

Tout cela n'avait jamais été, somme toute, qu'une aventure un peu folle. Et même si le problème de race n'avait déjà constitué une barrière infranchissable, il n'allait pas descendre chercher la future comtesse de Glencaryll dans les bas-fonds d'une ville arabe!

Mais s'il avait pu faire un geste, un seul, pour aider cette malheureuse, sa bonne action n'aurait-elle pas tempéré le sentiment de honte qui l'habitait?

La voix insistante de Saint-Hubert vint l'arracher à sa délectation morose :

– Allons, mon petit, trêve de rêvasseries, il va bientôt être l'heure de partir!

Le visage de Caryll s'empourpra et, traînant les pieds, il se dirigea vers sa monture.

Cinq minutes plus tard, la caravane avait repris sa longue marche à travers le désert et Saint-Hubert éprouvait un vif plaisir à observer l'art avec lequel Caryll maîtrisait le magnifique cheval, au caractère pourtant peu commode, qui était le premier présent offert par le Cheik à son fils.

Ahmed Ben Hassan avait-il eu une arrière-pensée en lui envoyant cet animal intraitable? Avait-il voulu mettre le jeune homme à l'épreuve et voir de quel bois était fait ce fils inconnu?

Les lèvres du vicomte esquissèrent un sourire de satisfaction. Quels que fussent les défauts que son père pourrait lui trouver dans d'autres domaines, il ne saurait honnêtement lui faire le moindre reproche sur sa science équestre : Caryll était bon cavalier et, dans ce pays, c'était primordial.

Tout en chevauchant au côté du jeune homme, Saint-Hubert, bien que pour des raisons différentes, se sentait tout aussi mal à l'aise que lui à l'idée de la rencontre qui aurait lieu d'ici à quelques heures. Et, quel que fût son désir de l'aider, les difficultés de Caryll ne tenaient qu'une place secondaire parmi les préoccupations qui tourmentaient le vicomte ce matin-là.

Il avait à faire face à un autre problème, bien plus personnel.

Cela faisait deux ans qu'il n'avait pas vu Diana. Deux ans qu'il n'avait pas affronté l'épreuve douloureuse qu'il s'imposait à intervalles réguliers et qui consistait à être le témoin de son incomparable bonheur.

L'entente parfaite qui régnait entre le Cheik et la femme qu'il aimait lui faisait ressentir de façon plus poignante l'amertume de sa propre solitude. Mais n'aurait-il pas été mille fois plus malheureux encore si le Cheik, après s'être épris de cette femme qu'il avait d'abord traitée avec l'impitoyable sauvagerie qui le caractérisait dans sa jeunesse, avait fini par se lasser d'elle? Rien de tel ne s'était produit, fort heureusement. Et il restait à Saint-Hubert la satisfaction de savoir que, au moins, il ne s'était pas sacrifié pour rien.

Et puis, s'il n'avait pas pu l'avoir lui-même, cette créature adorable, ne valait-il pas mieux que ce soit Ahmed Ben Hassan, son meilleur ami, qui la possédât?

Ravalant un soupir, il se redressa sur sa selle tout en priant le ciel de lui accorder cette fois encore la force de dissimulation qui ne lui avait jamais fait défaut jusque-là.

Le vent matinal s'était à présent calmé, et la journée promettait d'être très chaude. Le spectacle de l'immensité désolée qui s'étendait sous ses yeux poussa Caryll à formuler à voix haute la question qui le démangeait depuis plusieurs jours :

– Comment ma mère a-t-elle eu le courage de passer sa vie dans cette horrible solitude?

Saint-Hubert haussa les épaules :

– Le désert exerce une immense fascination sur certains êtres, comme moi, par exemple. Ta mère est tombée amoureuse du désert il y a des années, et les charmes qu'elle lui trouve compensent tous ses désagréments. D'ailleurs, n'apprécierait-elle pas le désert pour lui-même qu'elle l'aimerait pour ce qu'il représente à ses yeux.

– Mais elle a dû renoncer à tant de choses, faire de tels sacrifices! objecta Caryll. Bon sang! Un homme n'a pas le droit d'exiger tant d'une femme!

– Dans ce cas précis, c'est ce qu'elle désirait, et elle ne l'a jamais regretté.

Caryll considéra le Français d'un air étonné, les sourcils froncés.

– Ce doit être quelqu'un d'extraordinaire, dit-il d'un ton presque intimidé.

Saint-Hubert rencontra son regard sans ciller.

– C'est quelqu'un d'extraordinaire, dit-il tranquillement.

Caryll attendit la halte du déjeuner pour reparler de sa mère.

– C'est plutôt bizarre de ne même pas savoir à quoi ressemble sa propre mère, commença-t-il d'une voix hésitante. Je n'ai aucun souvenir d'elle, et la seule photo que je possède, c'est celle d'une sorte d'adolescent, de garçon manqué aux cheveux bouclés, en culotte de cheval. Elle n'est sûrement plus comme cela. Je suppose qu'elle a dû beaucoup changer. Sans doute est-elle...

Il s'interrompit en rougissant.

– Elle est un peu moins vieille que Mathusalem, répliqua Saint-Hubert, narquois. Bien que, évidemment, la vie dans le désert use parfois les femmes avant l'âge. Certaines de ces moukères ridées que nous avons vues à Touggourt sont probablement bien plus jeunes que ta mère.

La tête inclinée vers le sol, Caryll, sans voir la lueur amusée qui dansait dans les yeux du vicomte, n'entendit que le ton sérieux de sa voix.

– Oh! dit-il platement.

Et Saint-Hubert se garda bien de le détromper.

La halte du déjeuner fut encore plus courte que d'habitude et ils chevauchaient depuis bientôt une heure déjà lorsque Caryll distingua tout à coup dans le lointain un nuage de poussière qui semblait venir dans leur direction à toute vitesse. Se tournant vers son compagnon, il l'interrogea d'une voix rauque.

– Ils sont encore trop loin pour qu'on puisse avoir une certitude, murmura Saint-Hubert qui, lui aussi, scrutait l'horizon, mais je pense que c'est ton père.

Caryll fut envahi par une étrange panique. Il

aurait tout donné pour pouvoir tourner les talons et prendre ses jambes à son cou. A quoi allait ressembler cet Arabe qu'il avait pour père? Souvent, il s'était imaginé cette rencontre, mais tous les beaux discours qu'il avait prévus pour l'occasion semblaient avoir déserté son cerveau.

Du nuage de sable se détacha bientôt un petit groupe d'Arabes qui galopaient ventre à terre, précédés par un cavalier solitaire.

Saint-Hubert avait fait signe à leur escorte de s'arrêter et Caryll, tout en retenant son cheval, ne put réprimer le frisson bizarre, à la fois d'inquiétude et d'excitation, qui courait le long de son dos. Un certain agacement, ainsi que les préventions qu'il nourrissait contre son père l'empêchaient de céder au mouvement d'admiration que l'apparition de ces cavaliers prestigieux, montés sur des chevaux superbes, n'aurait normalement pas manqué de susciter chez lui.

L'homme qui galopait en tête devait être son père, son Arabe de père. Et, bien qu'il se fût attendu à le voir vêtu ainsi, la grande robe blanche dont il était enveloppé causa un choc à Caryll qui avait mis pied à terre et attendait, les mains dans les poches, pour dissimuler leur tremblement.

La brusque décharge de mousqueterie le fit sursauter tandis que son visage se durcissait au son des hurlements sauvages accompagnant les salves. Autour de lui, dans un tourbillon de sable aveuglant, tout n'était plus que vacarme et explosions de joie. Aux clameurs assourdissantes des hommes se mêlaient les hennissements des étalons, le tintement des harnachements et, sans trêve, le crépitement des armes à feu.

Rivé au sol, incapable du moindre mouvement, Caryll vit la haute silhouette blanche glisser à bas d'un magnifique étalon noir.

Seul le chef avait mis pied à terre. Et, tandis qu'il s'avançait lentement vers eux, le jeune homme frémit. Ainsi, c'était là son père, c'était là le comte de Glencaryll! Un Arabe parmi tant d'autres! Et, par surcroît, un Arabe dont le sombre et beau visage lui était bizarrement familier.

Il ne s'agissait pas d'un souvenir qui datait de son enfance... Non, c'était une ressemblance avec quelqu'un qu'il avait rencontré récemment et qui était lié à un souvenir pénible... Où diable avait-il déjà vu ce visage?

Il était encore sous le coup de la surprise quand Saint-Hubert le fit revenir au moment présent en lui touchant le bras. Caryll tourna vers le Français un visage décomposé.

– Pour l'amour du ciel, oncle Raoul, allez-y le premier! dit-il d'une voix altérée.

Les deux vieux amis se jetèrent dans les bras l'un de l'autre. Et, à les voir ainsi s'étreindre chaleureusement, Caryll frissonna de dégoût. Est-ce qu'il allait, lui aussi, devoir l'embrasser? Il se raidit, prêt à subir l'épreuve.

Mais le Cheik n'exigea rien de tel de son Anglais de fils. Se tournant vers lui avec un sourire empreint de gravité, il lui tendit sa longue main brune en signe de bienvenue.

– Vous voilà enfin, mon fils! dit-il – mais en français – de sa voix chaude et profonde. Soyez le bienvenu!

La sincérité de son ton et la fermeté de sa poignée de main exprimaient toute la tendresse qu'un fils est en droit d'attendre de son père. Cependant, Caryll n'avait remarqué qu'une chose : la langue dans laquelle ces paroles avaient été prononcées. Bien sûr, Saint-Hubert l'avait prévenu que son père nourrissait un préjugé contre l'Angleterre, qu'il s'était toujours refusé à la reconnaître comme sa patrie – de même qu'il répugnait à parler sa langue maternelle, qu'il connaissait pourtant à la perfection. Mais il aurait pu faire une exception, au moins pour cette fois!

Tout décidé qu'il fût à remettre aussitôt les choses à leur place et à bien faire comprendre à ce « père » de quel côté allaient ses sympathies, Caryll n'arrivait pas à parler. Il éprouvait tout à coup un étrange sentiment d'infériorité, le sentiment de se trouver, lui qui était si obstiné, en face d'un homme dont la détermination était plus grande encore que la sienne. Furieux contre lui-même et sa propre gaucherie, il s'entendit balbutier comme un écolier pris en faute :

– Merci, monsieur... Je suis très heureux d'être ici.

Sa rougeur s'accentua quand il se rendit compte du mensonge qu'il venait de proférer. Et la brêve lueur d'amusement qui s'alluma au fond des yeux qui le fixaient ne contribua guère à dissiper son trouble.

Mais le Cheik parut ne pas remarquer le peu de spontanéité avec lequel son fils lui avait répondu.

– Ne faisons pas attendre ta mère plus longtemps, dit-il en souriant du même sourire plein de gravité. Elle a compté les jours – que dis-je? les heures! – en attendant ta venue!

Caryll eut de nouveau l'impression que les yeux sombres pénétraient son âme dans ses moindres replis.

– J'espère qu'elle va bien, dit-il platement, surpris lui-même que cette phrase, pourtant banale, ait eu tant de mal à sortir.

– Elle se porte toujours à merveille, qu'Allah en soit loué!

Ce n'est qu'une fois en route que le jeune homme parvint à surmonter son accès de timidité et fut en mesure de remercier son père pour le cheval qu'il montait.

Il s'était rendu compte que son père l'observait d'un œil critique, et l'examen dont il était l'objet mettait à vif ses nerfs déjà bien éprouvés. Il commençait même à se demander si, la manière de monter étant un peu différente ici, il ne l'avait pas déçu dans ce domaine précis, le seul où il excellât vraiment.

Mais pourquoi donc se préoccupait-il de savoir s'il le décevait ou non? Qu'est-ce que cela pouvait bien lui faire? Et pourtant, cela comptait à ses yeux, cela comptait même tellement qu'il se sentit envahi par un sentiment de plaisir inexplicable lorsque le Cheik, hochant la tête d'un air approbateur, lui dit de sa voix chaude :

– Je suis content qu'il te plaise. Raoul m'avait dit que tu étais bon cavalier.

Caryll continua à chevaucher en silence, surpris par ses propres réactions et furieux de l'étrange satisfaction que ces quelques mots lui avaient procurée.

Le soleil dardait ses derniers rayons lorsqu'ils atteignirent enfin leur destination.

Aux yeux de Caryll, le campement parut immense, et l'ensemble, d'un pittoresque et d'une beauté qui dépassaient tout ce qu'il avait pu imaginer. Oubliant pour une fois de condamner, il appréciait à sa juste valeur la splendeur de ce spectacle. C'est tout juste s'il remarqua la salve qui annonça leur arrivée et, cette fois, les hurlements de bienvenue n'amenèrent sur son visage aucune expression de contrariété.

Il avait l'impression d'assister à une pièce de théâtre incroyablement réaliste, ou de contempler un merveilleux tableau animé. Comme dans un rêve, il s'avança, flanqué du Cheik et de Saint-Hubert, entre de longues files d'Arabes à cheval, venus de différents campements voisins pour rendre les honneurs au fils de leur chef. Ils dépassèrent de petits groupes de tentes basses, des caravanes de dromadaires et des rangées de chevaux au piquet. Les hurlements des hommes rassemblés en foule dense étaient à présent presque étouffés par les clameurs aiguës de leurs femmes, chastement voilées, et de leurs enfants qui grouillaient en tous sens.

Cet accueil royal réveillait en lui des souvenirs depuis longtemps oubliés et faisait battre son cœur à grands coups.

Ils marchèrent ainsi jusqu'à un espace dégagé où se dressait une vaste tente sous l'auvent de laquelle se tenait une mince jeune femme aux yeux clairs.

En contemplant cette silhouette vêtue de blanc, Caryll sentit l'étonnement l'envahir. Etait-ce là sa mère, cette... cette jeune fille?

Ainsi, oncle Raoul l'avait fait marcher! Indigné, il se tourna vers lui en murmurant des reproches. Mais le visage de Saint-Hubert n'avait plus rien de malicieux. Au contraire, il était étrangement pâle et défait.

– Vas-y, Caryll, dit-il d'une voix rauque. Cela fait quatorze ans qu'elle t'attend.

6

– Comment trouvez-vous notre nouvelle *fille,* ma mie?

Il y avait dans la voix du Cheik une note de raillerie qui fit tressaillir sa femme. Elle resta un moment sans répondre, tout en continuant à brosser le flot épais de ses boucles cuivrées sous le regard de l'homme qui l'observait avec une attention nonchalante.

Entré dans la chambre dix minutes plus tôt, il était resté à fumer en silence, allongé sur le divan, en attendant qu'elle ait fini de s'habiller pour le dîner.

– Je t'ai posé une question, Diana.

– Tu es injuste, Ahmed! dit-elle avec reproche.

– Reconnais au moins qu'il est... bien plus féminin que tu ne l'étais à son âge, si j'en crois mes souvenirs.

Elle rougit, mais ne put s'empêcher de sourire :

– Tu admets toi-même qu'il monte très bien, et Saint-Hubert affirme qu'il est excellent tireur.

– Exactement comme toi, ma chérie, répliqua le Cheik. Vous avez presque les mêmes qualités. Mais ce n'est pas tout que de savoir monter et se servir d'un fusil. Je cherche autre chose, que je n'ai pas encore décelé chez lui.

La déception qui perçait dans sa voix fit monter les larmes aux yeux de Diana.

– Tu ne le connais pas encore, murmura-t-elle. Tu ne peux porter de jugement sur lui au bout de vingt-quatre heures. Il est affreusement timide. Tout, ici, doit lui sembler tellement différent de ce à quoi il est habitué. Et puis il aimait beaucoup son grand-père, tandis que nous ne sommes pour lui que des étrangers. Comment pourrait-il savoir que je... que nous... désirons tellement son... son affection...

Sa voix se brisa soudain dans un sanglot qui fit aussitôt bondir le Cheik. Il traversa la chambre en trois enjambées rapides.

Sans s'en rendre compte, elle avait exprimé la déception qu'elle éprouvait elle aussi et qui, à sa manière, était aussi profonde que celle de son époux.

Le désespoir de Diana fit oublier au Cheik ses propres contrariétés. Doucement, il lui releva la tête.

– Tu pleures, Diana? la gronda-t-il en souriant, à la fois tendre et boudeur.

La prenant dans ses bras, il la porta jusqu'au divan.

– Au diable le dîner! s'exclama-t-il pour répondre aux protestations de sa femme et en l'attirant contre son cœur. Tout ce que je vois, c'est que je t'ai encore fait pleurer...

Elle le regarda de ses yeux songeurs, emplis d'une prière muette.

– Sois gentil avec lui, Ahmed, et essaie... essaie de le comprendre. Il a un point de vue différent du tien. Il n'est pas comme son frère, qui n'a jamais connu que la vie sauvage que nous menons. Il a dû avoir une existence tellement régulière, tellement conventionnelle... Sois gentil avec lui, comme tu sais être gentil avec moi. Car j'ai l'impression qu'il est davantage mon fils que le tien.

– Ça, j'en doute! Il te ressemble de visage, mais cela ne va pas plus loin.

– Mais, Ahmed, promets-moi...

– Je te promets tout ce que tu voudras, si cela peut sécher les larmes qui coulent de ces jolis yeux. Mais je ne peux pas te promettre l'impossible. Caryll est bardé de préjugés, et on jurerait qu'il est venu ici avec le désir de rendre les choses aussi difficiles que possible. Or, si je veux bien céder sur certains points, lui aussi doit céder. Je n'admets de concessions que réciproques. Et son attitude, aujourd'hui, n'a pas été très conciliante, c'est le moins qu'on puisse dire.

– Je sais bien, fit-elle tristement. Il est tout le temps sur la défensive. C'est comme si on se cognait à un mur... Et... Oh, Ahmed, je *veux* qu'il m'aime! Cela m'a fait tellement souffrir de le laisser partir! Même toi, tu ne sais pas ce qu'il m'en a coûté...

Les yeux du Cheik se voilèrent tandis qu'il caressait tendrement sa tête courbée.

– Vraiment? murmura-t-il avec un sourire crispé. Pour moi non plus, cela n'a guère été facile. Et je savais bien qu'en l'envoyant là-bas, nous nous séparions sans doute de lui pour toujours. Mais il fallait qu'il en soit ainsi...

Ravalant ses larmes, elle leva sur lui des yeux emplis d'une timide prière :

– Si seulement on pouvait lui raconter...

Mais elle lut son refus sur son visage avant même qu'il eût parlé. Cela faisait des années qu'elle avait compris qu'il ne servait à rien de discuter avec lui, aussi n'insista-t-elle pas.

Ils n'avaient pas le droit de lui dire la vérité sur son grand-père, non... Mais Raoul, lui, pouvait le faire. Seulement, comment le lui demander?

Non loin de là, dans l'une des luxueuses tentes

réservées aux invités, leur fils, déjà prêt pour le dîner, venait de congédier son valet de chambre. Et, de fort méchante humeur, il attendait Saint-Hubert.

La veille au soir, il n'avait pu se défaire de sa réserve, ni d'une certaine gêne qui n'avait fait qu'accroître sa timidité naturelle et l'avait presque complètement réduit au silence. En dépit des tentatives entreprises par tout le monde pour le faire participer à la conversation générale, il s'était senti profondément à l'écart. D'ailleurs, trouver des sujets d'intérêt communs s'était révélé difficile. Sa rancune ne s'étant pas encore éteinte, il n'avait pu se résoudre à évoquer sa vie en Angleterre. Quant à l'Algérie, il n'avait nulle envie d'en discuter. D'autre part, comme il avait vivement conscience de son incapacité à cacher ses émotions, la vue du visage calme et impassible du Cheik l'emplissait d'une rage folle. Que dissimulait cet extérieur affable et courtois? Qu'y avait-il derrière ce masque sévère et impénétrable?

Ces questions, il se les était posées vingt-quatre heures auparavant. Et maintenant, il en connaissait – ou croyait en connaître – la réponse.

– Qu'y a-t-il, Caryll? interrogea Saint-Hubert en arrivant. Inutile de me dire que cela s'est mal passé. Je m'en suis rendu compte. Nous avons toujours été francs l'un envers l'autre : sur quel problème particulier achoppes-tu?

– Un problème particulier? rétorqua le jeune Anglais. Grand Dieu, il n'y a aucun problème particulier! *Tout* est un problème!

Saint-Hubert haussa les épaules avec une certaine impatience.

– Tu généralises trop. Je sais que tu détestes

ce pays. Tu es arrivé disposé à tout haïr. Mais maintenant que tu es ici, ne peux-tu mettre un moment tes préjugés de côté ? Pourquoi t'aliéner l'affection qu'ils sont prêts à t'offrir ? N'oublie pas que c'est pour ton bien qu'ils t'ont envoyé en Angleterre, pas pour leur plaisir. Un tel sacrifice vaut bien que le bénéficiaire en éprouve de la reconnaissance. Essaie de leur tendre la main, comme ils t'ont tendu la leur. Tu ne peux quand même pas te plaindre d'avoir été mal accueilli. La joie que ta mère a manifestée en te retrouvant se passe de commentaires. Quant à ton père...

– Ne me parlez pas de lui ! s'écria Caryll, les yeux étincelants. Mon père ! Seigneur, quand je pense au « spectacle » auquel il m'a été donné d'assister ce matin...

Et il raconta comment il avait vu son père fouetter un homme.

– Il l'a battu comme un chien ! haletait-il en finissant son récit, tant la violence du dégoût qu'il éprouvait faisait trembler sa voix. Et ce sang... ce sang qui ruisselait le long de son dos...

Tournant entre ses doigts la cigarette qu'il avait oublié d'allumer, Saint-Hubert le considéra avec compassion.

– Il est regrettable que tu aies dû assister à cela, dit-il enfin. Tu es dans un pays primitif, mon petit, un pays de passions violentes et de libertés sans limites. Mais il est des infractions qui réclament des mesures énergiques, si l'on veut maintenir une certaine discipline. La justice telle que ton père la rend est celle que reconnaît sa tribu. Son peuple le craint, mais il l'aime aussi, comme on aime les chefs. As-tu vu des signes de mécontentement dans le campement, aujourd'hui ? Non.

N'est-ce pas la preuve de ce que je viens de dire?... Et si son peuple l'aime, pourquoi ne pourrais-tu l'aimer, toi? Crois-moi, Caryll, il est digne de ta confiance et de ton estime. Sinon, comment aurait-il pu se faire aimer de ta mère? Et tu peux constater par toi-même qu'elle est prête à baiser le sol sous ses pieds.

» Et si je te prouvais que cette haine, que tu as nourrie contre lui toute ta vie, est sans fondements? Si je te prouvais qu'en le condamnant de la sorte, tu commets une injustice, oui, une injustice...

Il s'interrompit brusquement. Emporté par son élan, et poussé par le désir sincère de réconcilier le père et le fils, il en avait dit plus qu'il ne voulait. Et, marmonnant qu'il se faisait tard, il fit mine de se lever. Mais une main se posa sur son bras :

– A quoi faites-vous allusion, oncle Raoul?

L'angoisse déformait la voix du jeune homme, et Saint-Hubert se prit à souhaiter que ce fût à quelqu'un d'autre que revînt la tâche de lui ouvrir les yeux et de lui causer la souffrance que l'écroulement de ses illusions lui ferait éprouver. Certes, le jeune homme ne manquerait pas d'être ému par la tragique histoire de sa petite grand-mère espagnole, enceinte et lâchement abandonnée dans le désert par un mari indigne, par cet ivrogne repenti dont Caryll vénérait la mémoire. Mais, Anglais jusqu'à la moelle, pourrait-il jamais comprendre la douleur du Cheik à l'annonce qu'il n'était qu'un étranger dans le pays qui l'avait vu naître – et non le fils du vieux chef arabe qu'il avait, jusqu'à sa majorité, considéré comme son père?

– Je n'avais pas l'intention d'en parler ce soir,

dit-il. C'est une longue histoire, déjà ancienne, qu'il faudra que tu connaisses, ne serait-ce que pour pouvoir rendre justice à ton père. Etant donné ton attitude, je n'ai pas le choix : je te la raconterai. Mais il va falloir que tu attendes un peu. Entre-temps, pour ton propre bien, Caryll, je te supplie de ne pas laisser des préjugés fausser ton bon sens naturel.

Se levant, il se dirigea vers le seuil de la tente. Le visage renfrogné, le jeune homme le suivit à pas lents.

– Je vais essayer, grommela-t-il. Mais vous avez vraisemblablement fait allusion au mystère qui a toujours entouré notre famille. Si vous avez une révélation à me faire, j'aimerais mieux que vous la fassiez maintenant. Je déteste les mystères... Mais si c'est quelque chose qui met en cause mon grand-père, ajouta-t-il en élevant la voix, je vous préviens que...

– Laisse tomber ce sujet pour ce soir, mon petit. J'ai été idiot de te dire ce que j'ai dit. Je préfère attendre que tu connaisses mieux ton père. Fais-moi confiance, je parlerai le moment venu. Jusque-là, oublie tout cela, et pardonne-moi de t'avoir fait un sermon.

Caryll marmonna quelques mots indistincts. Ils avançaient sur le sable, dans la pâle lumière du clair de lune, et chacun avait conscience d'une gêne nouvelle qui s'était installée entre eux.

Lorsqu'il pénétra dans la grande tente, Caryll fut déconcerté par le visage de son père. En quelques heures, son expression était passée de la cruauté la plus féroce à la plus charmante douceur. Perplexe, il se demanda quelle était la véritable nature de ce père sur lequel il en saurait davantage, « le moment venu ».

Et, de nouveau, il fut intrigué par cette ressemblance indéfinissable qui le hantait depuis la veille, trop vague pour être parfaite, mais assez frappante pour le pousser à fouiller sa mémoire, dans un vain effort pour se rappeler où il avait bien pu croiser semblable visage.

Toute trace de larmes avait disparu des yeux de Diana lorsqu'elle entra dans la pièce, souriante et sereine, moulée dans une souple robe blanche et se détachant comme une radieuse apparition sur le fond sombre des rideaux noir et argent.

Tandis que le Cheik allait frapper dans ses mains pour appeler les serviteurs, Saint-Hubert s'assit en face de son hôtesse en lui adressant son plus charmant sourire. Et Caryll s'aperçut qu'il commençait à être intéressé par tout ce qui l'entourait.

En dépit du caractère un peu barbare des aménagements et de l'aspect bizarre qu'ils avaient à ses yeux, il devait reconnaître que ces meubles précieux étaient de forme très harmonieuse, et disposés avec beaucoup de goût. Mais quel étrange foyer pour une Anglaise, et quelle étrange femme, pour se sentir heureuse dans un endroit pareil! Il lui lança un coup d'œil à la dérobée. Puis, sûr de ne pas être remarqué, il la regarda plus attentivement. Comme elle avait l'air jeune! Bien trop jeune pour être sa mère! Jamais il n'avait imaginé qu'elle puisse ressembler à cela, qu'elle serait si belle, si douce!

Sa mère! Ces syllabes, qui n'avaient formé jusqu'ici qu'un mot creux, se retrouvaient brusquement pénétrées d'un sens nouveau et merveilleux. Déconcerté, Caryll sentit sa gorge se serrer.

Le dîner touchait à sa fin. Les serviteurs arabes, aussi discrets que des ombres, s'étaient retirés. Et il ne restait plus que Gaston, qui servait le café préparé sur un brasero installé hors de la tente.

Un ange passa. Et ce fut la voix du Cheik qui rompit le silence :

– Tu vas vers le nord ou vers le sud en partant d'ici, Raoul? Ou bien rentres-tu directement en France?

Saint-Hubert fixait son assiette d'un air songeur et, du bout de son couteau à fruits en argent, jouait avec des noyaux de dattes.

– Je ne rentre pas en France, dit-il enfin. Je vais au Maroc.

Sa voix avait une intonation farouche. Le Cheik scruta son visage.

– Avec un but précis? demanda-t-il.

– Très précis. Je pars à la recherche du meurtrier de René de Chailles.

Le hoquet de surprise qui échappa à Diana fut couvert par la sourde exclamation du Cheik.

– Son meurtrier! répéta-t-il d'un air incrédule. Bon Dieu! Je croyais que tu avais abandonné la partie. Cela fait au moins dix ans que le gouvernement a rendu publique l'annonce de la mort de ce triste individu.

– Je sais, rétorqua Saint-Hubert. Mais je n'ai jamais cru à cette mort. Et j'ai appris qu'on l'avait vu au Maroc – lui ou quelqu'un qui lui ressemble comme un frère : tu dois te souvenir que c'était un Maure... On pense qu'il s'est dirigé vers le sud. C'est une piste bien vague, je te l'accorde, mais que je suis décidé à suivre. Car, par un bizarre caprice du destin, la semaine où je recevais cette nouvelle, j'ai été contacté à Paris par l'homme de loi de la famille de Chailles.

» A l'époque de la tragédie, René de Chailles avait une petite fille d'environ deux ans. Lors de l'assassinat, la mère et l'enfant ont disparu, comme tu le sais. Et depuis, on n'a plus jamais entendu parler d'elles. Mais il est devenu indispensable aujourd'hui de prouver si l'enfant est morte ou vivante. En effet, à la suite de décès en cascade dans la famille, la petite se trouve l'héritière d'une fortune considérable.

» Des parents éloignés revendiquent l'héritage de leur côté et sont naturellement en train d'essayer de faire valoir leurs droits. Mais les tribunaux refusent de se prononcer avant d'avoir la preuve que la branche aînée de la famille représentée par la fille de René, est bien éteinte.

» Je vais donc reprendre mes recherches, qui ont à présent un double but : d'une part, découvrir et châtier le meurtrier de mon pauvre ami; de l'autre, retrouver cette enfant... ou bien rapporter la preuve de sa mort.

Il y eut un petit silence lorsqu'il cessa de parler. Ce fut Diana qui le rompit :

– Mais quand cette terrible histoire s'est-elle passée? Vous la connaissiez, Ahmed. Pourquoi ne m'en avoir jamais touché un mot?

Le Cheik haussa les épaules, sans pour autant lever les yeux de la cigarette qu'il était en train de fumer :

– Vous n'auriez rien pu faire, ma mie. Alors, à quoi bon vous attrister inutilement?

Elle se douta bien que sa réponse évasive cachait quelque chose, et son regard s'attarda sur le visage impénétrable de son mari avant de revenir à Saint-Hubert :

– Qui était M. de Chailles? Et pourquoi a-t-il été assassiné?

Saint-Hubert secoua la tête :

– Si je pouvais répondre à cette dernière question, cela aurait bien facilité mes recherches. Mais on n'a jamais su la véritable raison de ce meurtre.

» Benjamin du comte de Chailles, qui possédait une propriété voisine de la nôtre, dans le Dauphiné, René a toujours été un rêveur, un idéaliste. Il avait consacré sa vie à la science, domaine dans lequel il avait acquis une renommée mondiale, bien que cela ne lui ait jamais rapporté un sou.

» Il ne vivait que pour ses recherches et nous le considérions déjà comme un célibataire endurci lorsque, à près de quarante ans, il tomba amoureux d'une ravissante jeune fille d'environ vingt ans sa cadette, et l'épousa. Malgré la différence d'âge, ce fut de part et d'autre un véritable mariage d'amour. Aussi dénuée de fortune et aussi charmante que lui, Isabeau brûlait de partager son existence vagabonde. Le désert ne lui faisait pas peur, du moment qu'elle était avec lui... Je les ai vus juste avant qu'ils ne partent pour leur longue lune de miel qui se termina de si tragique façon, et j'ai rarement rencontré couple aussi parfaitement heureux.

» Lorsque je les ai retrouvés l'année suivante à Biskra, peu après la naissance d'une petite fille qui était venue mettre le comble à leur bonheur, ils étaient toujours aussi amoureux l'un de l'autre.

» C'est là que j'entendis parler pour la première fois du nouveau serviteur personnel que René avait engagé pour remplacer un valet dévoué qui venait de mourir après des années de bons et loyaux services.

» Malheureusement, je n'ai jamais eu l'occasion de rencontrer cet homme – que l'on avait envoyé dans le Sud pour mettre sur pied la caravane avec laquelle ils allaient entreprendre leur nouvelle expédition. Sinon, mes recherches ultérieures, destinées à lui mettre la main au collet, en auraient été facilitées.

» Prompt à s'enticher des gens, René accordait peu d'importance aux références, préférant se fier à son propre jugement. Il me déclara avoir trouvé en Ghabah, le Maure, le serviteur idéal... et que son intuition valait tous les certificats. J'eus beau m'insurger, le mettre en garde, peine perdue! Et, dès que Mme de Chailles fut remise de ses couches, ils quittèrent Biskra.

» Je ne devais plus jamais les revoir. Au cours des deux années qui suivirent, je reçus quelques lettres de René, rayonnantes d'amour pour sa femme et sa fille, débordantes d'espoir quant au succès de son expédition. Il y parlait toujours en termes élogieux de Ghabah : jamais il n'avait eu serviteur plus dévoué, jamais il n'avait été assisté avec plus de compétence dans le travail qui lui tenait tellement à cœur...

» C'est de la bouche d'un chamelier, qui agonisait à l'hôpital d'El-Oued, que j'appris où l'avait mené cette confiance aveugle. Les autorités, au courant de mon amitié avec Chailles, m'avaient télégraphié en France aussitôt qu'elles avaient appris la tragédie.

» Je me mis immédiatement en route pour El-Oued, afin de recueillir toutes les informations possibles auprès de l'unique survivant de l'expédition.

» Le malheureux se trouvait dans un état affreux. On avait l'impression qu'il avait décidé de ne pas se laisser mourir avant d'avoir raconté tout ce qu'il savait et d'être sûr que justice serait faite. J'ai recueilli ses paroles sous serment.

» Il semble que Ghabah, qui exerçait une influence considérable sur mon malheureux ami, ait été très mal vu par les autres serviteurs. Cruel et rancunier, il jouissait en outre d'une solide réputation de « jeteur de sorts ». Bien décidé à écarter de son maître tous ses anciens équipiers, il faisait d'ailleurs un large usage de ses prétendus pouvoirs maléfiques – tant et si bien que les vieux serviteurs finirent, l'un après l'autre, par céder la place à des inconnus. Le chamelier lui-même n'était resté que six mois au service des Chailles, mais ce laps de temps lui avait suffi pour apprécier le ménage et vouer une véritable adoration à la fillette, qui lui était elle-même très attachée.

» Protégé par sa sinistre réputation, le Maure échappait à tous les soupçons. Pourtant, tout le monde savait bien que Mme de Chailles ne partageait pas les sentiments de son mari, et qu'elle aussi le détestait et le craignait. Mais il exerçait sur ce pauvre René une telle influence que même les avertissements de sa femme ne pouvaient ébranler sa confiance. Il semble qu'il n'ait vu dans la méfiance de son épouse qu'un simple caprice de femme, et qu'il l'ait traitée comme tel.

» La catastrophe s'abattit sur eux avec la soudaineté d'un cyclone. A la suite de plusieurs renvois, le nombre des membres de l'expédition était devenu de plus en plus réduit, si bien qu'il ne restait guère qu'une poignée d'hommes :

deux ou trois serviteurs personnels, et six ou sept chameliers.

» La nuit où se produisit la tragédie, le Maure, prétendant que les hommes avaient été négligents, rassembla tous les fusils dans sa tente sous prétexte de les vérifier. Les choses en étaient arrivées à un tel point que personne n'avait osé protester. Les hommes avaient cédé – à contrecœur, peut-être, mais ils avaient cédé.

» Cette nuit-là, le chamelier, s'éloignant du feu de camp autour duquel somnolaient ses camarades, était allé s'étendre derrière la tente de ses maîtres, comme il avait coutume de le faire. Mais il n'arrivait pas à trouver le sommeil et, placé comme il l'était, il fut en mesure d'entendre et de voir ce qui se passa.

» Assez tard dans la soirée, le Maure pénétra dans la tente et eut une longue discussion avec son maître. Après son départ, le chamelier entendit les échos d'une dispute entre René et sa femme, qui sanglotait amèrement. Puis le silence se fit, et le chamelier pense avoir dormi un moment.

» Plus tard, il avait été réveillé en sursaut par un cri étouffé, suivi d'un profond gémissement. Terrorisé, il avait hésité, ne sachant que faire. Finalement, l'affection qu'il éprouvait pour ses maîtres l'emporta sur sa peur et, après avoir découpé la toile de la tente avec son couteau pour n'avoir pas à en faire le tour et se montrer en pleine lumière, il se glissa dans la chambre.

» Jamais je n'oublierai l'expression de son visage lorsqu'il me décrivit le spectacle qui s'offrit alors à ses yeux. René était étendu de tout son long sur le tapis, un couteau planté dans le cœur. Mme de Chailles, couchée sur le corps de son époux, avait le visage enfoui dans sa poitrine couverte de sang. Quant à l'enfant, qui venait visiblement de se réveiller, elle était accroupie auprès d'eux, ses petites mains enroulées dans les longs cheveux noirs de sa mère, et elle les appelait en pleurant.

» Curieusement, c'est la vue de l'enfant qui fit réagir le chamelier. Il se rua hors de la tente, armé de son seul couteau, et c'est là qu'il assista à la dernière scène de ce drame qui finit par lui coûter la vie.

» Il était déjà trop tard pour avertir ses camarades, car le Maure l'avait précédé, un revolver dans chaque main. La lueur du feu lui permit de viser facilement, et il n'eut aucun mal à les tuer tous, comme des moutons.

» La vue de ce massacre fit brusquement perdre la tête au chamelier. Sans penser au danger, il se précipita sur le Maure en hurlant comme un fou avant de tomber à son tour, criblé de balles.

» Il faisait presque jour lorsqu'il recouvra ses esprits. Tout était mort autour de lui, et il régnait un silence terrifiant. Baignant dans son sang, il parvint à taillader quelques lambeaux de tissu dans les vêtements des cadavres et à bander celles de ses blessures qui lui paraissaient les plus graves. Puis il se traîna vers la tente au prix de douloureux efforts.

» René de Chailles était toujours étendu, là où il était tombé, et ses yeux grands ouverts ne voyaient plus rien. Mais il n'y avait plus de trace de Mme de Chailles ni de l'enfant. Elles avaient disparu dans les ténèbres avec l'assassin.

» Les chameaux aussi avaient disparu, ainsi que tout ce que le campement comptait de matériel de valeur.

» Recueilli par une caravane qui passait par là, il fut transporté à El-Oued. Et il mourut, satisfait d'avoir vécu assez longtemps pour raconter son histoire, heureux qu'un homme vînt prendre la relève et lui jurer de perpétrer la vengeance qu'Allah ne lui avait pas laissé la force d'assouvir.

Un silence pesant s'instaura après que Saint-Hubert eut achevé sa tragique histoire. Les yeux de Diana étaient tout embués de larmes. Seul, le Cheik n'avait pas l'air ému : il connaissait déjà ces faits navrants et se permettait rarement de manifester ses sentiments.

Pourtant, même lui avait la mine plus sombre et la voix plus profonde que d'habitude.

– Mais le mobile? dit-il lentement. La pauvreté de René de Chailles était trop notoire pour que l'on puisse songer au crime d'argent. Quant au matériel transporté ainsi qu'aux objets personnels, c'était là un butin trop insignifiant pour que l'assassin se donne une telle peine... Non, le Maure devait être poussé par un sentiment plus fort que le simple désir de voler. Je ne vois qu'une explication possible : c'était la femme qu'il voulait.

Saint-Hubert serra les lèvres.

– Probablement. En tout cas, c'était l'avis du chamelier. A plusieurs reprises, il avait surpris le Maure en train de dévorer Mme de Chailles de regards équivoques. Je souhaite que Dieu ait accordé à cette pauvre créature une mort rapide...

– Puisse Dieu lui avoir fait cette grâce! murmura le Cheik. Sa clémence est parfois plus grande que celle des hommes.

Et, pour une fois, sa volonté de fer flancha. Sa voix, si ferme d'habitude, était devenue étrangement rauque et mal assurée, tandis qu'une tristesse inexprimable envahissait les fiers yeux sombres qu'il gardait rivés sur le visage de sa femme.

– Mais si elle vivait encore, Raoul! Oh, si jamais elle était toujours en vie! s'exclama Diana.

Saint-Hubert eut un geste vif, comme pour repousser cette idée.

– Je prie Dieu qu'il n'en soit rien, et qu'au moment où cet homme tombera entre mes mains, je ne trouverai avec lui que l'enfant, cette fillette qui est à présent comtesse de Chailles...

– Mais ce doit être une femme, maintenant, ta comtesse de Chailles, fit le Cheik. As-tu oublié combien d'années se sont écoulées depuis que son père a été tué?

Saint-Hubert sourit tristement.

– Oui, effectivement, ce doit être une femme, ou presque. Elle doit avoir environ dix-sept ans, si elle a survécu. J'oublie toujours cela : je garde seulement le souvenir du bébé que j'avais vu à Biskra.

– Pauvre enfant... pauvre mère! murmura Diana. Il aurait mieux valu qu'elles meurent pendant qu'elles étaient heureuses.

– Oui, mille fois oui! dit vivement Saint-Hubert. Mais qui aurait pu imaginer alors ce qui les attendait? Qui aurait pu se douter de ce que l'avenir réservait à cette petite fille aux yeux noirs?

Le Cheik se tourna tout à coup vers lui, une étrange lueur dans le regard.

– Supposons que tes recherches finissent par aboutir, supposons que tu retrouves cette malheureuse fille, dit-il en homme qui a mûrement réfléchi à ce qu'il allait dire. Crois-tu être vraiment en mesure, si l'on songe à ce qu'a dû être sa vie, de la ramener en France et de l'y faire réintégrer son milieu et restituer son héritage?

– J'essaie de ne pas y penser. A chaque jour suffit sa peine. Tout ce que je peux faire, pour l'instant, c'est continuer mes recherches et prier que le Tout-Puissant l'ait protégée contre... contre ce qui a dû presque inévitablement se produire.

Pendant tout le temps du récit, Caryll n'avait pas quitté Saint-Hubert des yeux. Il était scandalisé par cette histoire, révolté par l'horreur de cette sordide tragédie du désert. Ce soir, il venait de comprendre ce que pouvait être la convoitise physique sous sa forme la plus bestiale. Et ce crime écœurant éveillait en lui de profonds instincts chevaleresques. Pourquoi fallait-il qu'il pensât en cet instant à la frêle jeune fille arabe au regard triste qui lui avait fait une impression si profonde? Se pouvait-il que la jeune héritière recherchée par Saint-Hubert lui ressemblât? Il revit le jardin ombragé de palmiers où il l'avait rencontrée pour la dernière fois, avant ce soir fatal qui l'avait fait si brusquement disparaître de sa vie. Tombé dans une profonde rêverie, il avait oublié où il se trouvait, il avait oublié le monde entier : il était perdu dans le souvenir de cet amour éphémère.

– Salâm alaïkoum!

Caryll revint sur terre en sursautant. L'intonation profonde et caressante de la voix qui venait de prononcer ces mots était celle de son père, et il crut d'abord que c'était le Cheik qui avait parlé. Mais au cri poussé par sa mère en se levant, il se tourna vivement du côté de l'entrée vers laquelle elle se précipitait, bras ouverts. Et il retomba en arrière, le visage livide.

Croisant et décroisant les mains, les yeux exorbités, il contemplait cette haute silhouette vêtue d'une robe arabe, ce beau visage sévère – le visage du sinistre ravisseur du *Café Maure*!

Une flambée de colère l'envahit. C'était donc ça, l'explication de cette ressemblance qui l'avait tellement troublé! C'était donc pour ça que le visage du Cheik lui avait paru si familier! Ils se ressemblaient trait pour trait. Seule la cicatrice qui balafrait le front du jeune homme et transformait son expression l'avait empêché de se rendre plus tôt à l'évidence.

Son frère! Seigneur! Que de complications! Et quelle honte!

Etait-il possible que sa mère, qui venait de voler si joyeusement à sa rencontre, fût au courant de la vie que menait ce fils accueilli avec les manifestations de l'amour le plus profond? Si elle avait vu ce à quoi Caryll avait assisté à Touggourt, ne se serait-elle pas écartée de lui avec le même sentiment de répulsion que celui qu'il éprouvait?

Aveuglé par l'indignation, il ne remarqua pas la douceur qui envahit le dur visage du jeune homme tandis qu'il se penchait sur Diana. Il n'entendit pas son tendre murmure : « Petite mère, petite mère... » qui la payait de toutes les semaines passées dans l'angoisse.

Ils s'écartèrent enfin l'un de l'autre. Et Caryll fut scandalisé par la démarche conquérante et l'allure bravache du jeune Ahmed Ben Hassan qui s'avançait lentement vers son père.

Il ne pouvait deviner quel trouble, quelles craintes se dissimulaient sous l'air de défi affiché par son frère.

Le Cheik n'avait ni bougé ni parlé depuis

l'entrée quelque peu théâtrale du plus jeune de ses jumeaux. De sa place, il l'avait vu arriver bien avant les autres, qui ne l'avaient remarqué que lorsqu'il les avait salués de sa voix profonde. Mais il avait décidé d'ignorer sa présence. Apparemment plongé dans la contemplation de sa cigarette, la mine sombre et les sourcils froncés, il attendait en silence que le jeune homme approchât.

Ahmed le Jeune se pencha et effleura de ses lèvres l'épaule d'Ahmed le Grand. Puis il se redressa et fit face à son père, le fixant d'un regard qui ne cillait pas mais où l'on décelait un curieux mélange de défi et de soumission.

Les mots rapides que le Cheik prononça à voix basse, en arabe, ne furent entendus que par celui auquel ils étaient destinés.

Lorsque son père eut fini de parler, le jeune homme porta automatiquement la main à son front, esquissant un salut aussi humble et déférent que s'il eût été le dernier membre de la tribu avant de se retourner avec un sourire quelque peu crispé pour saluer Saint-Hubert.

Leurs retrouvailles chaleureuses auraient pu durer longtemps si Diana ne s'était interposée en riant :

– Ne le monopolisez pas complètement, Raoul! Accordez-lui une minute pour Caryll. Je veux voir mes fils se serrer la main.

Mais malgré la joie qui se lisait sur son visage, un tremblement dans sa voix, trahissait l'émotion qu'elle s'efforçait de cacher, tandis qu'elle observait cette rencontre tant attendue.

Et c'est avec une émotion aussi grande que la sienne, quoique suscitée par des préoccupations très différentes, que Caryll se leva maladroitement et marmonna quelques mots indistincts en réponse aux paroles dégagées de son frère.

Son frère! Son rival!

Oh! non, il n'avait plus honte de cet amour qui, après avoir connu une courte éclipse, embrasait de nouveau son cœur tel un feu dévorant! Il avait envie de hurler le secret qui les liait de si étrange façon, envie de battre à mort son jumeau, d'arracher à ses lèvres leur sourire méprisant, de l'obliger à avouer la vérité.

Puisqu'il était ici, qu'avait-il fait de la malheureuse jeune fille? Qu'avait-il fait de sa victime?

Frémissant de colère, ivre de jalousie, Caryll se força à prendre la longue main brune tendue vers lui.

7

Caryll fut seul à voir le coup d'œil menaçant que lui décocha son frère, et personne ne remarqua rien d'anormal dans leur attitude. Pourtant, un sentiment de malaise s'empara des convives. Et un silence embarrassé s'établit tandis que chacun reprenait place autour de la table.

Le « fils prodigue » s'assit à côté de Diana, qui ne pouvait détacher les yeux de sa balafre, au sujet de laquelle elle ne pouvait se permettre pour l'instant de lui poser la moindre question.

Son retour la soulageait d'un grand poids. Mais elle ne laissait pas d'être préoccupée par le mystère que cachait sa longue absence. Et son inquiétude ne faisait que croître à la perspective de l'affrontement, désormais imminent, entre le père et le fils. La désobéissance de ce dernier ne resterait pas impunie, elle n'avait aucun doute là-dessus. Mais quel serait son châtiment? Elle savait que son mari serait juste – il l'était toujours –, mais qu'il pouvait se montrer impitoyable, même envers son propre fils.

Le café terminé, Saint-Hubert et Caryll se retirèrent, et le Cheik ordonna brièvement à Ahmed de le rejoindre dehors.

Ne se donnant même pas la peine de tourner la tête pour voir si son fils obtempérait, le Cheik traversa l'esplanade qui séparait la tente du reste du campement et, sans se départir de son silence lourd de menaces, dépassa les guitounes de ses compagnons, longea les alignements de chevaux au piquet et l'immense troupeau de dromadaires qui, agenouillés, ruminaient en blatérant et gargouillant à qui mieux mieux.

Il parvint enfin à l'endroit où se dressait d'ordinaire la double tente de son fils – copie en miniature de la sienne et qu'encadraient depuis toujours les deux tentes jumelles de Ramadan et de son frère. Mais les tentes avaient disparu et le Cheik ne vit que deux chevaux piaffants, tenus par S'rir. Le salut déférent de ce dernier n'atténua en rien le froncement de sourcils qui plissait le front du chef de tribu.

– Quelle est encore cette nouvelle lubie?

Ahmed s'empourpra sous le regard de son père.

– J'ai transféré mon campement à El-Hassi, finit-il par marmonner à contrecœur, faisant allusion à une petite oasis située à une dizaine de kilomètres vers le sud.

– Tonnerre de Dieu! s'emporta le Cheik. Et pourquoi ça?

– Je... j'ai mes raisons, murmura Ahmed d'une voix à peine audible – et il passa rapidement la langue sur ses lèvres desséchées en découvrant l'inanité de sa réponse.

Les yeux étincelants de colère, le Cheik fit signe à S'rir d'approcher. Devinant aussitôt ses intentions, Ahmed se précipita pour retenir son bras :

– Mon père, si vous pouviez écouter ici ce que j'ai à vous dire, ou bien encore attendre jusqu'à demain...

– Je t'écouterai où je voudrai, et quand je le voudrai! rétorqua le Cheik d'un ton sans réplique.

S'rir s'avança, l'air aussi mal à l'aise que son maître. Et, le cœur lourd comme du plomb, Ahmed s'empara des rênes qu'on lui mettait malgré lui entre les mains tandis que son serviteur enfourchait son propre cheval et partait au galop en direction du campement afin d'exécuter les ordres du Cheik.

La tête appuyée contre l'encolure de son étalon, le jeune homme attendit un temps qui lui parut interminable, voyant venir avec appréhension la suite des événements.

Il n'avait à s'en prendre qu'à lui-même, il était bien obligé de le reconnaître. Rien ne pouvait justifier la faute qu'il avait commise. Il avait manqué à sa parole. Il était parti en dépit d'une interdiction formelle. C'était déjà suffisant pour provoquer la colère de son père.

Mais il y avait autre chose, dont il allait avoir à répondre une fois arrivé au petit campement d'El-Hassi.

Les mains moites, il luttait contre le désir soudain de tout avouer maintenant, et de demander grâce à son père pendant qu'il en était encore temps. S'armant de courage, il se retourna en jetant un coup d'œil par-dessus son épaule. Mais il était déjà trop tard. Le cheval et l'escorte que le Cheik avait envoyé chercher étaient déjà là. Et, confiant de nouveau sa monture à S'rir qui était arrivé en avant de la petite troupe, Ahmed alla humblement tenir l'étrier de son père. On lui avait amené Eblis, qui était d'aussi mauvaise humeur que son maître. Usant de la douceur chère à Diana, le Cheik parvint à calmer l'animal puis, faisant signe à son fils de venir chevaucher à son côté, il se mit en selle.

Le trajet fut bref jusqu'à la petite oasis, située au creux d'une étroite cuvette et constituée de quelques épineux et d'arbustes rabougris.

A côté du puits qui avait donné son nom à l'endroit, on apercevait les tentes qu'Ahmed avait fait déménager du campement de son père.

La petite tente double était dressée à peu à l'écart, et un rai de lumière filtrait de son rabat entrouvert.

Toujours silencieux, le Cheik arrêta son cheval fougueux et resta immobile, fronçant les sourcils devant ce paisible spectacle.

Et le jeune Ahmed, dévoré par l'angoisse, fut presque soulagé lorsqu'il vit enfin le Cheik faire signe à l'escorte de rester là où elle était, puis descendre lentement le raidillon.

Arrivés en bas en même temps, ils mirent pied à terre et confièrent leurs chevaux à S'rir, qui les emmena à l'écart.

Maintenant que le moment tant redouté était arrivé, le jeune homme sentit son courage l'abandonner.

– Mon père...

Jamais sa voix n'avait été aussi humble, aussi suppliante. Mais les mots qui tremblaient au fond de sa gorge moururent sur ses lèvres quand le Cheik leva la main pour lui imposer silence.

– Attends! tonna-t-il en s'approchant de la tente.

Mais il s'immobilisa devant le rideau entrouvert, comme s'il écoutait quelque chose. Son fils, qui était juste derrière lui, entendit aussi le son qui l'avait arrêté, et une grimace de souffrance déforma ses traits. Combien de fois avait-il déjà entendu ce chant, cette berceuse plaintive, fredonnée par cette voix si douce – cette voix qui, touchant les fibres les plus secrètes de son cœur, parvenait souvent à lui faire oublier la trahison qui avait changé son amour en haine!

Etouffant un juron, le Cheik se glissa à l'intérieur de la tente.

A côté d'une table basse, la chanteuse était accroupie sur des coussins, et sa mince silhouette se balançait au rythme de la chanson.

Tout absorbée qu'elle fût, elle entendit quand même le froissement de tissu des épais burnous et leva vivement la tête en lâchant sa guitare. Mais l'exclamation de joie qui allait lui échapper mourut sur ses lèvres. Se levant d'un bond, elle porta les mains à sa gorge, les yeux écarquillés, tremblant comme une biche aux abois, et son regard étonné allait de l'un à l'autre, contemplant ces deux visages aux traits si semblables et à l'expression si différente.

Elle resta ainsi, puis, étouffant un autre petit cri, elle ramena sur son visage son voile défait et courut se réfugier dans la chambre.

– Qui est cette fille?

Pour la première fois de sa vie, le Cheik s'était

adressé en anglais à son fils élevé dans le désert. Et le jeune homme, devant la froide colère qui se lisait sur son visage, recula d'un pas.

– C'est une femme que... que j'ai prise, répliqua-t-il brièvement, avec un petit geste de défi.

– Que tu as... *prise*! répéta le Cheik d'un ton coupant. Et tu dis cela comme ça, tout simplement?

Et, brusquement, comme si une digue se rompait, la colère qu'il avait accumulée depuis une heure se déversa en un torrent de mots impitoyables dont le moins féroce aurait déchiré l'âme d'un criminel endurci.

Livide, le jeune homme attendit en serrant les dents que l'orage fût passé. Après que le Cheik eut terminé, il resta quelques secondes sans rien dire. Puis, relevant très lentement la tête, il lança à son père un regard inquiétant.

– Vous m'avez maudit pour ce que j'ai fait, chuchota-t-il. Mais vous, comment avez-vous pris « petite mère »?

Le visage du Cheik devint aussi pâle que celui de son fils, et il sursauta comme s'il avait reçu un coup de poignard dans le dos.

– Tu es au courant? balbutia-t-il d'une voix blanche.

En proie à un brusque revirement de sentiments, Ahmed ne put supporter la vue de la souffrance qui accablait son père. Il se détestait de s'être abaissé à cette vengeance qui lui avait semblé si douce quelques secondes auparavant.

– Depuis que je suis haut comme ça, répondit-il, mettant la main à la hauteur de son genou. Gaston a presque tué l'homme qui me l'avait dit.

Rejetant son burnous en arrière comme si ce

poids lui pesait, le Cheik se dirigea vers le seuil et resta là, dos tourné, à contempler la nuit sans la voir, ravagé par la douleur et la honte.

Son propre forfait se répétait. Son crime se dressait à nouveau devant lui, en la personne de son fils auquel il avait transmis cette sensualité qui lui avait toujours fait bouillonner le sang. Mais n'était-ce pas lui, une fois de plus, le grand fautif? Connaissant l'existence de cette tare héréditaire, n'avait-il pas failli à son devoir de père? N'aurait-il pas dû surveiller plus étroitement l'adolescent? S'apercevoir à temps qu'il devenait un homme? Un homme qui vivait maintenant en concubinage avec une maîtresse arabe...

Poussant un profond soupir et allant se laisser tomber sur le divan, il fit signe à son fils d'approcher.

– Puisque tu en sais si long, dit-il en insistant sur chaque mot, mieux vaut que nous parlions franchement. Tu as jugé bon de me rappeler que ton inconduite, je l'avais pratiquée moi-même avant toi... Bien que j'aie toujours prié pour que tu n'apprennes jamais, par égard pour ta mère, quelle infamie j'ai commise envers elle, je ne cherche pas à nier. Mais les fautes de ton père ne peuvent te servir d'excuse. Tu auras à payer pour tes méfaits, comme j'ai payé moi-même. Oh, je sais, tu peux très bien me soutenir que tu es seulement en train de jeter ta gourme, comme le font la plupart des hommes... Mais faudrait-il donc que je reste sans rien dire quand je vois mon propre fils s'engager sur la même voie que moi?... Que Dieu ait pitié de toi, mon pauvre petit, si tu es voué à éprouver ce dégoût de soi-même qui me torture depuis plus de vingt ans...

L'amertume de cette voix fit monter un flux de sang aux joues du jeune homme.

– Je vous demande pardon! s'écria-t-il. Et je suis prêt à subir n'importe quelle punition qu'il vous plaira de m'infliger. Rien ne saurait être pire que cet enfer dans lequel je vis depuis quelques semaines. J'ai perdu tout respect de moi-même. Mais elle... (Et malgré lui, il dirigea les yeux vers le rideau qui séparait les deux pièces.) Elle, je dois la garder...

Il y avait dans sa voix rauque quelque chose qui poussa le Cheik à le regarder attentivement.

– Tu l'aimes?

Il avait l'impression de se retrouver brusquement vingt ans en arrière et d'entendre la voix de Saint-Hubert lui poser la même question.

– *Non*!

La violence même de cette dénégation catégorique éveilla la méfiance du Cheik.

– Alors pourquoi ne l'as-tu pas laissée là où tu l'avais trouvée? demanda-t-il sèchement.

– Pour qu'un des ignobles individus qui l'entouraient abuse d'elle comme je l'ai fait moi-même! cria presque Ahmed. Pour qu'il la garde un jour ou une semaine avant de la livrer à un sort pire que celui que je lui ai réservé? Je suis infâme, mais pas à ce point. Malgré la vie qu'elle a menée avec la brute dont elle était l'esclave, Jasmine était restée vierge, aussi pure que la fleur dont elle porte le nom – jusqu'à ce que je la prenne et fasse d'elle ce qu'elle est devenue...

Sa voix se brisa, puis il reprit d'un ton changé :

– Même si je ne l'avais pas déshonorée, je ne pourrais la laisser partir : elle possède des informations que je n'ai pu encore lui arracher et qui concernent une affaire grave dont je dois vous parler.

– C'est urgent?

– Très urgent.

– Alors, parle. L'autre problème – et le Cheik fit un signe de tête en direction de la chambre – peut attendre.

Ahmed se livra à un exposé des événements auxquels il avait été mêlé – exposé succinct mais suffisant pour donner au Cheik, fort de son expérience toute fraîche, matière à réflexion.

– Il faut immédiatement envoyer un rapport au gouverneur militaire, trancha-t-il. Tout retard pourrait être fatal. Tu dis avoir perdu la trace de ce trio quand tu as quitté Touggourt, mais la description que tu peux fournir de ces hommes revêt plus de valeur que tout ce dont nous disposions jusqu'ici. Tu vas m'accompagner auprès de Saint-Hubert. Il est au courant de la situation : le gouverneur lui a raconté tout ce qu'il savait.

Tandis qu'il remettait son burnous, il jeta un coup d'œil par-dessus son épaule, puis regarda de nouveau son fils.

– Cette fille..., dit-il lentement. Tu m'as dit qu'elle t'avait attiré dans un piège pour te livrer aux hommes qui t'ont pris pour un agent secret, que tu l'avais enlevée pour te venger et que tu la gardais pour en tirer les informations qu'elle possède... Mais cela n'explique pas la situation que j'ai sous les yeux. As-tu cédé à une impulsion que tu as regrettée par la suite, ou bien est-elle toujours ta maîtresse?

Ahmed se jeta sur le divan en se cachant le visage dans les mains.

– Cela fait trois mois que nous vivons ensemble, dit-il d'une voix étouffée.

– Trois mois! Et tu ne l'aimes pas! Que Dieu m'en soit témoin, je ne te comprends pas, mon fils!

Mais, en disant ces mots, il sentit le sang lui affluer au visage.

Et lui, avait-il eu l'excuse de l'amour lorsque, il y avait de cela plus de vingt ans, il avait pris une femme de force – et même pas pour se venger d'une offense quelconque, non! uniquement par désir charnel, et par haine envers la race qu'elle représentait.

Submergé par d'amers souvenirs, il posa un instant sa main sur l'épaule de son fils.

– T'es-tu jamais demandé comment cela allait se terminer? dit-il d'un ton plus doux. N'as-tu jamais réfléchi aux conséquences possibles, pour toi comme pour elle?

– Je ne sais pas... Je n'y ai jamais pensé... Je... Oh, Seigneur! Je voudrais ne l'avoir jamais rencontrée...

Le désespoir qui perçait dans la voix du jeune homme transforma en conviction le soupçon que le Cheik avait nourri jusqu'ici. Il serra les lèvres et sa bouche dessina un pli énergique. Quelle que fût la profondeur des sentiments de son fils, il n'était pas question de supporter pareille infraction aux lois du campement.

– Il est trop tard pour revenir en arrière, observa-t-il d'un air grave. Ce qui est fait est fait. Maintenant, il va falloir que tu réfléchisses à l'avenir, et que tu trouves une solution. Evidemment, pour que nous puissions obtenir d'elle les informations que, selon toi, elle détient, il est indispensable qu'elle reste ici. Néanmoins, je veux qu'une chose soit bien claire : cette liaison doit prendre fin... et tout de suite! Me donnes-tu ta parole?

Il y eut un silence interminable. Mais le Cheik fit preuve d'une patience comme il en montrait rarement.

Derrière lui, Ahmed frissonnait sur le divan, en proie aux émotions contradictoires qui le tourmentaient depuis la nuit où il avait possédé la jeune fille pour la première fois.

La honte et le remords le disputaient en lui à une frénésie sexuelle doublée d'une soif de vengeance qui paraissait inextinguible. Ne lui avait-il pas déjà fait payer sa trahison au centuple, comme il s'était juré de le faire? Pourtant, chaque jour il la désirait davantage.

D'où venait ce désir? Si encore il l'avait aimée... Mais non, son amour était mort, remplacé par la haine – et jamais il ne renaîtrait de ses cendres.

Dans ce cas, pourquoi la promesse exigée par son père était-elle donc si difficile à donner? Pourquoi le seul fait de penser à cette fille accélérait-il les battements de son cœur, faisait-il bouillonner son sang dans ses veines au point qu'il se sentait prêt à hurler, torturé par la faim dévorante qu'il avait d'elle?

La laisser partir? Ne plus jamais la sentir trembler dans ses bras? Non, c'était impossible!

Et pourtant, il n'y avait pas d'autre solution. Malgré la modération du ton employé, le Cheik venait de lui donner un ordre auquel il ne pouvait désobéir. La volonté de son père faisait loi, et refuser d'obtempérer lui vaudrait seulement l'exil dans un campement éloigné, où il serait soumis à une surveillance humiliante.

Mais elle? Que deviendrait-elle?

Un changement subtil s'était opéré dans l'attitude de la jeune fille à son égard. Cessant de l'accabler de protestations d'amour qu'il avait toujours accueillies avec mépris, elle se retranchait depuis peu derrière un mutisme obstiné qui le déconcertait.

Elle pleurait en cachette, il ne l'ignorait pas. Mais en sa présence, elle demeurait muette, les yeux secs, tour à tour soumise et révoltée, mais toujours silencieuse, même lorsqu'elle se débattait entre ses bras.

Jasmine, qu'il avait tant aimée! Jasmine, qui l'avait si odieusement trahi!

Il se leva enfin, le visage gris sous son hâle.

– Je vous donne ma parole, dit-il d'une voix rauque. Mais je ne peux pas le lui annoncer maintenant, pas ce soir.

Le Cheik sourit brusquement à son fils, d'un sourire que Diana, jusque-là, était seule à connaître.

– Alors, dis-lui que j'ai besoin de toi, murmura-t-il en repassant de l'anglais à l'arabe. Mais fais vite. Et souviens-toi que je te fais confiance.

Puis, pivotant sur ses talons, il sortit de la tente.

Le visage du jeune homme était douloureux tandis qu'il se glissait entre les rideaux de la chambre.

Assise sur le tapis, Jasmine ne leva même pas la tête. Et pourtant, elle avait remarqué sa présence : tremblant de tous ses membres, elle serrait si étroitement ses mains autour de ses genoux que ses articulations étaient blanches.

A la vue de ce corps juvénile, le cœur d'Ahmed se mit à battre. Sa bouche devint sèche, et il dut lutter pour maîtriser le désir qui l'envahissait.

Dehors, au clair de lune, son père l'attendait. Mais les minutes se succédaient sans qu'il puisse rien dire. Il était incapable de détourner son regard, incapable d'articuler les mots que ses lèvres se refusaient à prononcer.

Au prix d'un effort surhumain, il se força enfin à parler :

– J'ai un travail à faire ce soir. Tu n'as pas peur de rester toute seule? Tu es en sécurité ici, avec Ramadan, S'rir et les autres.

Ce n'était pas ce qu'il avait eu l'intention de dire : jamais il ne lui avait manifesté la moindre considération. Mais ce soir, la vue de cette silhouette fragile écroulée à ses pieds éveillait en son cœur un sentiment de pitié qu'il avait cru ne plus jamais pouvoir ressentir.

Et pourtant, à quoi bon s'apitoyer sur son compte, se demanda-t-il avec amertume, puisqu'en fait elle ne pouvait qu'être soulagée par l'absence d'un maître dont elle craignait les caprices tyranniques.

Il n'y avait cependant aucune trace de soulagement, aucune émotion, quelle qu'elle fût, dans les yeux insondables de la jeune fille.

– De quoi pourrais-je bien avoir peur? rétorqua-t-elle tranquillement.

Quelque chose dans son ton fit naître chez Ahmed une rage subite et inexplicable.

– De quoi, effectivement? grinça-t-il. De quoi? étant donné que je ne serai pas là, *moi*!

Elle se tenait à demi prosternée, et il ne vit donc pas le tremblement de la lèvre délicate qu'elle mordait jusqu'au sang, ni les larmes qui lui mouillaient les joues. Elle parla, mais sans relever sa raillerie :

– Qui était cet homme, avec vous?

– Le cheik Ahmed Ben Hassan, dit-il brièvement. (Puis, souriant d'un air moqueur, il ajouta :) Le démon... celui qui galope plus vite que le vent et dont les yeux brillent comme les éclairs dans le ciel... le monstre qui ne peut mourir... mon père!

Elle frissonna de terreur. Mais, comme poussée par un sentiment plus fort que la peur, elle le fixa d'un regard étrangement inquisiteur :

– C'est lui qui a besoin de vous?... C'est lui, lui seul, que vous allez retrouver?

Il y avait une note d'angoisse dans sa voix. Mais elle avait parlé si bas qu'il n'entendit que la première question. Et, s'enveloppant de son burnous, il s'approcha d'elle.

– Ce n'est pas seulement de moi qu'il a besoin, gronda-t-il. Il lui faut aussi les renseignements que tu détiens et refuses de me livrer. Il vaudrait mieux que tu parles maintenant, avant qu'il ne t'interroge lui-même.

Cette menace la fit de nouveau trembler. Mais ses yeux apeurés soutinrent son regard sans ciller.

– Comment pourrais-je vous dire ce que j'ignore? fit-elle d'une voix lasse. Combien de fois vous ai-je répété que je ne savais rien?

– Et combien de fois ne m'as-tu pas déjà raconté des mensonges! répliqua-t-il durement. Mais tu ne vas pas tarder à comprendre que mentir ne te servira plus à rien.

Puis, éclatant d'un rire sardonique, il se précipita vers la porte.

– Seigneur!

Cette supplication ne l'arrêtant pas, elle courut à lui pour lui saisir le bras.

Il n'avait pas l'intention de la frapper. Mais, comme il se retournait pour la repousser, sa main s'abattit lourdement sur la jeune poitrine palpitante. Et Jasmine chancela en gémissant avant de se raccrocher aux draperies. Paralysée par la douleur, elle resta un instant immobile, les yeux fermés. Puis, pressant ses mains sur son sein meurtri, elle se coula à travers les rideaux et marcha jusqu'au seuil.

Dissimulée par le rabat de la tente, elle le regarda monter à cheval et rejoindre l'autre cavalier dont le seul nom l'emplissait d'une terreur superstitieuse.

Elle les vit gravir côte à côte le raidillon jusqu'au sommet où leur escorte s'écarta pour les laisser passer avant de se refermer derrière eux, les cachant à sa vue.

Il était parti!

Aveuglée par les larmes, elle tituba jusqu'à la chambre et, tombant à genoux auprès du lit, enfouit son visage dans les coussins.

Il était parti! Parti en colère, l'accusant de mensonge! Ne la croirait-il donc jamais? Ne lui reviendrait-il jamais, lui qui l'avait aimée jadis, lui qui avait éveillé en elle un amour que ni sa dureté ni sa brutalité ne pouvaient tuer? Ne lui reviendrait-il jamais, lui qui était son soleil, son univers, sa raison de vivre?

Bien qu'il ne l'aimât plus, il n'avait cessé, jusqu'à ces toutes dernières heures, de désirer son corps. Et elle avait su se contenter du simulacre de l'amour. Mais s'il ne la désirait même plus, maintenant, qu'allait-elle devenir?

Ici, parmi son peuple, peut-être avait-il une autre femme, une femme qu'il aimait, une femme qui possédait sur lui plus de droits qu'elle n'en aurait jamais elle-même...

Etait-ce la fin? Etait-il lassé d'elle? Sa soif de vengeance était-elle satisfaite?

Ne plus jamais le revoir, ne plus jamais entendre sa voix, ne plus jamais gémir sous le poids de son corps insatiable!

Comment pourrait-elle vivre sans lui – lui qui était sa vie même... lui, son Seigneur?

Prostrée sur le tapis, déchirée par les sanglots, elle s'abandonna à sa douleur en murmurant son nom. Et lorsqu'elle n'eut plus de larmes, à bout de forces, elle regarda la vérité en face.

Il ne reviendrait plus. Elle n'était rien pour lui. Il était parti et, avec lui, tout avait disparu...

Tout? Elle écrasa son visage contre le coussin qu'elle avait trempé de ses larmes. Non, pas tout...

Il y avait une chose qu'on ne pouvait lui enlever – un espoir qui lui restait malgré tout dans sa solitude, un espoir dont elle n'avait jamais osé lui parler, un espoir qui la soutiendrait avant de se concrétiser en une petite chose bien vivante, qu'elle pourrait serrer entre ses bras aujourd'hui vides, qu'elle pourrait presser sur son sein meurtri.

Elle avait désiré la mort. Mais comment pouvait-elle mourir alors que tout contre son cœur palpitait le présent inestimable, la seule grâce qu'il lui ait jamais accordée?

Son enfant!

Un enfant à aimer, un enfant qui serait sa raison de vivre.

Hélas! L'enfant seul ne suffisait pas à son cœur brûlant d'amour. C'était le père de l'enfant qu'elle voulait, c'était lui dont elle se languis-

sait, dont elle murmurait le nom avec passion.

Ses larmes redoublèrent et, durant de longues heures, elle continua d'être secouée de terribles sanglots.

Une à une, les bougies fondirent. Leur flamme vacilla, puis mourut. Et elle resta seule, dans l'obscurité – seule avec sa désespérance.

8

Après n'avoir dormi que quelques heures d'un sommeil agité, Caryll se réveilla très tôt, le lendemain matin. Sa nuit, il l'avait passée à se tourner et se retourner dans son lit de camp sans pouvoir trouver le repos. Le besoin d'air pur l'avait finalement poussé à sortir au clair de lune, où il avait marché de long en large, en proie à un violent trouble intérieur.

Etait-ce vraiment de l'amour, ce qu'il éprouvait? Ne souffrait-il pas plutôt de jalousie?

Tout bien considéré, il penchait plutôt pour cette version. Mais, si jalousie il y avait, il s'agissait d'une jalousie insensée, dont il ne se serait jamais cru capable : celle, purement animale, du mâle bafoué – et qui s'accompagnait, à l'égard de son jumeau d'une haine si farouche qu'il était pris de peur devant ses propres sentiments.

Et tout cela à cause de qui? D'une Arabe! D'une fille qui ne pouvait avoir de place dans sa vie...

Oui, mais alors, pourquoi le troublait-elle aussi profondément? Pourquoi la désirait-il avec cette fougue, ce désespoir?

Tout n'était-il donc que souffrance, dans ce pays maudit?

D'abord, cette histoire affreuse qu'oncle Raoul avait racontée la veille, et maintenant...

Il venait à peine de terminer son thé lorsque Williams entra, fort embarrassé :

– Que Monsieur me pardonne, mais le jeune... euh... le jeune...

Le valet s'interrompit, comme s'il cherchait un titre convenable pour désigner l'individu en question.

– Le... le frère de Monsieur, balbutia-t-il enfin.

Les nerfs à fleur de peau, Caryll fit un signe interrogateur en direction de la porte.

– Oui, monsieur, répondit Williams à cette question muette.

Caryll demeura un instant sans mot dire, le cœur battant.

– Faites-le entrer, murmura-t-il enfin d'une voix rauque, méconnaissable.

Il n'esquissa pas un geste lorsque la haute silhouette vêtue du costume arabe se glissa dans la tente. Et il considéra d'un œil froid l'arrogance de cette démarche, l'insolence de cette expression qui l'avaient déjà tellement agacé la veille au soir.

Ce fut Ahmed qui parla le premier, tout en s'avançant d'un pas nonchalant.

– Je vous prie d'accepter toutes mes excuses pour vous déranger de si bonne heure, commença-t-il en français. Mais votre valet m'avait affirmé que vous étiez éveillé. Et j'ai craint, d'autre part, de ne pas retrouver aujourd'hui l'occasion de vous voir seul à seul.

– Ne pouvez-vous parler anglais? demanda

Caryll d'un ton coupant tandis que son frère s'asseyait.

Un sourire amusé découvrit les dents blanches d'Ahmed.

– Je le peux, si j'y suis contraint, répliqua-t-il, toujours dans la même langue. Mais je préfère parler français.

– Eh bien, que me voulez-vous donc? interrogea Caryll, les sourcils froncés.

Lorsqu'Ahmed lui répondit, il n'y avait plus trace d'amabilité dans son attitude, ni de sourire sur ses lèvres :

– J'estime nécessaire que nous ayons une petite explication...

Il s'arrêta un instant, cherchant à déchiffrer le visage hostile qu'il avait devant lui.

– Notre rencontre d'hier n'était pas la première, vous n'en disconviendrez pas, poursuivit-il plus lentement. Or, je suis venu vous suggérer qu'il serait... disons... avisé de votre part de vouloir bien oublier un incident qui, je veux le croire, ne vous concernait en rien. (Il y avait une pointe d'ironie dans sa voix.) Il est certes regrettable que vous y ayez assisté. Mais puis-je me permettre de vous signaler qu'il serait encore plus regrettable... pour vous, d'y faire la moindre allusion devant des tiers. Suis-je assez clair?

Caryll se leva d'un bond, tremblant de colère.

– Si je décide de tenir ma langue à propos de cette histoire de Touggourt, explosa-t-il, je vous préviens que ce n'est nullement pour vous complaire, et encore moins par crainte de vos menaces. Tant que cela n'affecte que vous, vous pouvez faire ce qu'il vous plaît, je m'en moque! Vous pouvez bien aller au diable si le cœur vous en dit, cela m'est complètement égal! Mais tout ce qui touche à l'honneur de la famille me regarde au premier chef. Et j'ai déjà assez honte d'avoir été témoin de cet infâme enlèvement pour n'éprouver point le besoin d'aller crier sur les toits que j'ai pour jumeau une canaille sans scrupules! A mon tour, suis-je assez clair?

Ahmed bondit comme l'avait fait son frère et tous deux se firent face, ivres d'une rage incontrôlable, prêts à se déchaîner. Les yeux sombres de l'« Arabe » étincelaient. Les yeux bleus de l'« Anglais » avaient des reflets d'acier.

Dans un effort surhumain, Ahmed reprit contrôle de lui-même avant son jumeau. Et, décrispant lentement ses poings serrés, il recula d'un pas.

– Merci, j'ai parfaitement compris, dit-il en esquissant un sourire moqueur. Votre confiance et votre franchise nous dispensent de plus amples explications. Et comme je n'ai pas l'outrecuidance de croire que ma présence vous soit agréable, je m'empresse de vous en soulager.

Il avait déjà atteint le seuil lorsqu'un cri étouffé l'arrêta. Sans se retourner, il s'immobilisa, la main négligemment posée sur le rabat de la tente.

– Oui?

– Où est-elle?

Cette question réveilla la jalousie qui couvait toujours en lui et il se retourna, farouche.

– Qu'est-ce que cela peut bien vous faire? gronda-t-il.

Puis, brusquement, son visage se fit impénétrable, ses yeux s'étrécirent jusqu'à disparaître derrière ses longs cils noirs et il haussa les épaules avec une indifférence feinte.

– Puisque cela vous intéresse, dit-il d'une voix

doucereuse, elle est dans ma tente, à El-Hassi.

Et il désigna négligemment la direction du sud.

Presque incapable de se contrôler, Caryll fit un pas en avant.

– Qu'allez-vous faire d'elle?

– Ce que je vais en faire? répéta Ahmed avec un rire amer. Mon Dieu! je n'en sais rien. Si vous m'aviez demandé ce que j'en ai déjà fait, je vous aurais répondu que c'est mon affaire et non la vôtre, monsieur mon frère. Mais en me demandant ce qui allait lui arriver, vous ne vous êtes pas adressé à la bonne personne. Parce que j'ai eu la bêtise de l'amener ici, son sort ne dépend désormais plus de moi... N'avez-vous pas vécu assez longtemps dans le campement d'Ahmed Ben Hassan pour avoir compris que, ici, seul compte son bon plaisir? Si vous voulez des nouvelles de la fille, demandez à Monseigneur.

Caryll devint blanc comme un linge.

– Que voulez-vous dire par là? Mon Dieu, que voulez-vous dire par là? chuchota-t-il en frémissant.

– Pas ce que vous pensez. Même nous, les Arabes, ne sommes pas immoraux à ce point. Et Monseigneur n'apprécierait guère de vous entendre suggérer qu'il entretient un harem.

Puis, sur un petit rire sec où l'amertume le disputait au mépris, il pivota sur ses talons et disparut.

« Elle est dans ma tente, à El-Hassi. » La voix doucereuse résonnait toujours aux oreilles de Caryll. En proie à cette jalousie sauvage qui ne cessait de le bouleverser, il luttait pour chasser de son esprit l'image de cette fille dans les bras de son frère.

Quand vint l'heure du déjeuner, il fut soulagé de voir que seule sa mère était présente au repas. Et, à peine la dernière bouchée avalée, il regagna sa tente en toute hâte.

Les yeux embués de larmes, Diana le regarda partir avant d'aller se lover, frissonnante, parmi les coussins du divan. Ses tourments ne cesseraient-ils jamais? Qu'arrivait-il à Caryll? Pourquoi faisait-il cette tête? Et surtout, surtout, qu'était-il advenu de son petit Ahmed, son enfant chéri, son préféré? Que s'était-il passé la veille au soir, après que le père et le fils se furent éloignés ensemble dans les ténèbres, la laissant seule avec ses craintes?

Des heures durant, au cours de cette nuit de cauchemar, elle avait attendu – en vain! – le retour du Cheik. Brisée nerveusement, elle avait fini par s'assoupir pour ne se réveiller que fort tard et constater qu'elle était toujours seule sur sa vaste couche. Pourtant, son mari avait bien dû rentrer à un moment quelconque : la couverture et l'oreiller froissés sur le divan du salon prouvaient qu'il était venu faire un somme, puis reparti.

Certes, elle lui était reconnaissante de n'avoir pas voulu la réveiller. Mais cette attente, cette angoisse étaient plus éprouvantes que les pires nouvelles.

Le Cheik ne s'était pas montré de la matinée, et son petit Ahmed n'était pas venu la voir non plus. Elle savait par Gaston qu'un véritable conseil de guerre, qui avait duré toute la nuit, s'était tenu dans la tente de Saint-Hubert. A la suite de quoi Ahmed Ben Hassan était parti à cheval pour une destination inconnue. Le vicomte avait, à son tour, quitté le campement avant le déjeuner.

Quant au fils du Cheik, il était à présent en train de dormir.

Pauvre Ahmed! Chère et adorable tête brûlée! Quelle bêtise avait-il donc bien pu commettre, cette fois, pour aller jusqu'à fuir sa mère qui ne lui faisait jamais aucun reproche, qui lui pardonnait toujours toutes ses frasques?

Debout près de la petite bibliothèque, elle feuilletait machinalement un livre, vers 5 heures de l'après-midi, lorsque le Cheik rentra enfin.

Aprés s'être abandonnée à son étreinte, elle leva vers lui des yeux implorants :

– Ahmed, parle-moi!... C'était gentil de me laisser dormir, mais j'aurais préféré que tu me réveilles. Que se passe-t-il avec le petit? Pourquoi me fuit-il? Je n'ai vu personne depuis hier soir, excepté Caryll, qui est venu déjeuner et s'est éclipsé tout de suite après. Il était bizarre. Il avait l'air bouleversé... Qu'est-ce que tout cela signifie? Je ne peux plus supporter tous ces mystères.

– Je ne sais pas ce qui préoccupe notre gentleman anglais, grommela le Cheik. Mais pour ce qui est de ton rejeton arabe...

Il s'interrompit et Diana sentit redoubler ses craintes.

– Ahmed! Tu ne l'as pas... fouetté?

Il la serra encore plus fort entre ses bras musclés.

– Pas le moins du monde. Sa fugue demeure inexcusable. Mais ce n'est pas sa faute s'il est resté absent si longtemps.

Et il lui raconta les démêlés de leur fils avec l'inquiétant groupe d'agitateurs.

– Ce n'est pas tout, Ahmed, dit-elle lentement. Tu me caches quelque chose. Je le vois sur ton visage, comme je l'ai vu sur le visage du petit, hier soir. Qu'a-t-il fait pour ne plus oser croiser mon regard?

Bien sûr, elle finirait tôt ou tard par apprendre la vérité. Cependant, le Cheik souhaitait retarder le choc au maximum. L'étreignant, il la couvrit de baisers passionnés.

– N'y pense plus, ma mie, dit-il d'une voix rauque. Ahmed a fait une bêtise, mais tout est terminé à présent. A trop jouer avec le feu, on finit par se brûler les doigts. Victime de sa propre folie, le châtiment qu'il subit le fait et le fera plus cruellement souffrir que toute punition que j'aurais pu lui infliger moi-même.

L'inquiétude de Diana ne fit que redoubler.

– Comment pourrais-je ne plus y penser? s'écria-t-elle. Il faut que je sache la vérité! Qu'a-t-il fait?

Mais il hésitait toujours. Prenant alors le visage de son mari dans ses mains, elle le regarda d'un air farouche :

– Je suis sa mère! J'ai le droit de savoir! Il est mon fils autant que le tien, Ahmed!

Le Cheik se souvint des plaisanteries ambiguës qu'ils avaient échangées la veille et détourna les yeux.

– Non, celui-là, c'est bien le mien, ma mie, dit-il avec amertume. Le mien à tout point de vue.

Puis, à voix basse, il lui avoua tout, sans rien omettre.

Le temps que dura le récit, il sentit de temps en temps les frissons qui la secouaient tandis qu'elle l'écoutait en silence, le visage enfoui dans les plis de son épais burnous. Et il y eut, dans le cri qui lui échappa ensuite, tout l'amour, toute la détresse et toute la déception qu'une mère peut éprouver.

– Oh! Ahmed! Comment a-t-il pu?

Le visage du Cheik exprima une immense souffrance.

– Grand Dieu! C'est *toi* qui me le demandes, après tout ce que je t'ai moi-même fait subir autrefois? s'écria-t-il avec une amertume plus grande encore. Il a agi ainsi parce qu'il est mon fils, parce que ce besoin que nous avons des femmes est, depuis des générations, la malédiction de notre famille. Tu sais la vie que mon père a menée avant la disparition de ma mère. Tu sais l'existence que j'ai menée, moi, avant que tu n'entres dans ma vie... Ahmed n'a fait que perpétuer les traditions, et je ne peux le blâmer davantage que je ne me blâme moi-même. Le grand coupable, c'est moi : j'ai toujours manqué à tous mes devoirs, envers lui comme envers toi. C'est à moi que tu dois t'en prendre. Lui, il...

Mais elle lui mit la main sur la bouche pour l'empêcher de poursuivre.

– Jamais tu n'as manqué à tes devoirs envers moi! l'interrompit-elle avec emportement. Jamais! Pas une fois durant toutes les années que nous avons vécues ensemble! Tu as toujours été à mes côtés, quoi qu'il arrive. Et cette nouvelle épreuve, nous sommes deux pour l'affronter. Nous ne faisons qu'un, Ahmed, en toutes circonstances. Et si tu as manqué à tes devoirs envers lui, alors moi aussi j'y ai manqué, car je ne me suis pas rendu compte combien les années passaient vite, je n'avais pas compris qu'il était devenu un homme... J'ai été aveugle jusqu'à hier soir. Hier soir, il y avait sur son visage... Oh! Ahmed! Mon petit garçon! Mon petit garçon!...

Elle s'effondra en sanglotant. Il la porta jusqu'au divan et la garda dans ses bras le temps qu'elle se calmât. Au bout de quelques minutes, elle leva les yeux – pas sur son visage, mais sur les puissantes mains brunes qu'elle serrait entre ses petites mains crispées.

– Et elle est avec lui, en ce moment, à El-Hassi? murmura-t-elle.

– Elle est à El-Hassi, oui. Mais pas avec lui. Je t'ai dit que tout était terminé, fit-il d'un ton bref.

Sa jalousie de mère, qui lui déchirait le cœur, finit par lui arracher une question presque inaudible :

– Comment... comment est-elle?

– Jolie, bien sûr, sinon le petit ne l'aurait pas regardée. Enfin, jolie n'est pas tout à fait le mot. Elle est belle, dotée d'un type peu commun que je ne sais comment définir. Elle passe pour être de race maure, mais j'en doute. Elle est très timide, très raffinée pour une saltimbanque. En fait, elle est assez déconcertante.

– Est-ce qu'elle l'aime?

– J'en ai bien peur.

– Et lui?

– Il a beau jurer ses grands dieux que non, je crois qu'il ment. Mais, amour ou pas, cela ne change rien à l'affaire. J'aurais bien envoyé la fille dans un autre campement dès hier soir. Malheureusement, elle possède des renseignements qu'elle refuse de donner. Il faudra donc qu'elle reste à El-Hassi tant qu'elle n'aura pas parlé.

» Je suis encore allé la voir ce matin pour tenter de lui tirer les vers du nez. Elle était visiblement malade de peur, obnubilée par l'idée que nous sommes tous des démons – la vieille légende des Ben Hassan, je suppose –, mais elle n'a pas lâché un mot.

» Son entêtement est exaspérant, mais je n'ai pu m'empêcher d'admirer le cran dont elle fait preuve. Et ce n'est encore qu'une enfant, un minuscule bout de femme avec des yeux de gazelle effarouchée. Je ne me tiens pas souvent pour battu, mais je n'ai rencontré une telle force de caractère qu'une seule fois dans ma vie, et c'était aussi chez une femme...

Les yeux brillants de tendresse, il sourit à la femme en question.

En proie à une violente lutte intérieure, elle ne lui répondit que par un sourire vague avant de prendre sa décision :

– Je voudrais la voir.

Il la considéra un instant avec stupeur. Puis sa bouche prit le pli dur qu'elle connaissait bien :

– C'est hors de question, Diana! Je refuse catégoriquement.

Il avait parlé sur un tel ton qu'elle eut besoin de faire appel à tout son amour et à tout son courage pour insister :

– Mais, Ahmed...

Sourcils froncés, il fit mine de se détourner.

– Ma chérie, j'ai dit qu'il n'en était pas question! s'emporta-t-il. Qu'il ait amené cette fille ici est déjà pour toi une insulte assez grave, mais que tu ailles la voir... ça, alors, non!

Les doigts de Diana s'accrochaient aux plis du burnous d'Ahmed pour le retenir. Elle le regardait droit dans les yeux.

– Tu ne comprends pas, balbutia-t-elle. Tu ne peux pas comprendre, tu es un homme. Moi, je suis une femme, et c'est différent. Il faut que je fasse quelque chose. Nous sommes responsables, toi et moi, autant que le petit. C'est horrible, mais si ce n'est qu'une enfant, comme tu le dis, et si le petit a... Si, par malheur, elle est ...

Le sang lui monta au visage.

– Rien à craindre de ce côté-là, interrompit vivement le Cheik tout en se dégageant. J'y ai pensé, moi aussi, et j'ai posé la question à Ahmed ce matin.

Elle lui jeta un coup d'œil moqueur :

– Comme s'il pouvait le savoir! Elle n'irait jamais le lui dire!

Il haussa les épaules avec impatience.

– C'est un détail que je ne peux effectivement contrôler, gronda-t-il. Mais même si le mal est fait – que le ciel nous en préserve! –, cela ne change rien à ma décision. Ne te mêle pas de ce qui se passe à El-Hassi : je crois que tu peux me faire confiance pour m'occuper de cette fille comme il convient, quoi qu'il arrive. Et cesse de te torturer en imaginant le pire, alors qu'il n'y a peut-être rien.

Et, pour mettre fin à la discussion, il se dirigea vers la table à écrire, afin de relire le rapport destiné au courrier du soir. Mais ce n'était là qu'un prétexte, Diana le savait bien, car il n'y avait rien à ajouter à ce texte que le Cheik, son fils et Saint-Hubert avaient mis au point au cours de la nuit.

Mécontente, elle s'assit, les yeux rivés sur son mari qui lui tournait le dos pour bien manifester son refus de discuter. Elle essayait de trouver le moyen de faire ce que lui dictait sa conscience.

Le Cheik était en train d'allumer une cigarette lorsqu'il entendit la voix de Diana, douce et suppliante – à peine un murmure :

– Supposons que cette fille s'obstine à ne pas te fournir les renseignements que tu désires... Tu ne me permettrais toujours pas d'aller la voir? Peut-être que, avec moi, elle parlerait?

Jetant son allumette en poussant un juron, il fit volte-face. Puis il éclata de rire et son froncement de sourcils s'atténua tandis qu'il la regardait avec tendresse :

– Ah, tu es bien une femme! J'aurais dû me douter que tu allais user de tous les subterfuges imaginables. Mais je t'ai déjà dit que je ne voulais pas que tu la voies. Elle finira par parler. En fait, je place tous mes espoirs en Raoul. Il parviendra sans mal à convaincre cette jeune personne superstitieuse que, contrairement à moi, il n'est ni un djinn ni un démon, mais bien un mortel ordinaire, comme elle. Et peut-être, ainsi, saura-t-il gagner sa confiance. En tout cas, cela vaut la peine d'être tenté. Il est en ce moment même à El-Hassi... puisse Allah lui donner l'éloquence nécessaire! ajouta-t-il sans grande conviction.

A peine avait-il terminé sa phrase que Saint-Hubert entrait.

En voyant l'expression de son visage, le Cheik et Diana bondirent à sa rencontre – le premier, impénétrable comme à son habitude, la seconde, le cœur battant la chamade.

Saint-Hubert se laissa tomber sur une chaise et mit un certain temps à recouvrer son souffle.

– Pardonnez-moi de vous avoir ainsi fait peur, dit-il avec effort. Mais j'ai éprouvé un choc, et je suis quelque peu... bouleversé.

Il tourna vers le Cheik des yeux hagards, creusés par la souffrance.

– Je suis allé à El-Hassi afin de voir... cette fille, poursuivit-il d'une voix saccadée. Et, à sa place, c'est un fantôme que j'ai rencontré, le fantôme d'une femme que j'ai saluée pour la dernière fois à Biskra, il y a près de dix-sept ans... Je crois que j'ai enfin retrouvé la fille de René de Chailles...

» Elle est le portrait de sa mère. C'est une Isabeau de Chailles réincarnée qui s'est dressée devant moi à El-Hassi. Avec son visage, ses yeux, sa voix... et telle que je l'avais vue un soir où, pour amuser son mari, elle s'était habillée en Arabe...

Sa voix tremblante s'éteignit dans un murmure. Et, dans le silence qui suivit, on entendit le craquement du barreau de chaise que le Cheik venait de briser comme une allumette entre ses mains puissantes, immédiatement suivi par le cri d'animal blessé qui échappa à Diana.

– La fille de René de Chailles dans la tente de mon fils! se mit à répéter machinalement le Cheik. La fille de... Oh, mon Dieu!

Oubliant sa propre détresse devant cette souffrance qu'il savait plus profonde que la sienne, Saint-Hubert se leva :

– Mon ami...

Mais le Cheik avait déjà repris le contrôle de lui-même. Et il dissimulait maintenant ses sentiments sous un masque d'airain.

– Il va falloir que tu m'apportes des preuves, Raoul! dit-il, presque avec emportement, comme s'il se refusait encore à croire à la monstrueuse vérité. Tu te fondes sur une ressemblance, sur des suppositions. Il m'en faut davantage pour accepter ce... cette idée que tu t'es faite, davantage pour prendre des mesures afin de...

Il se mordit les lèvres. Son regard sombre allait de Saint-Hubert à sa femme. Lentement, il s'approcha d'elle.

– Tu devrais aller t'étendre, Diana, lui dit-il avec une infinie tendresse. Tu en as déjà supporté suffisamment pour aujourd'hui. Il faut que Raoul et moi tirions sans tarder cette histoire au clair. Et je voudrais t'épargner une conversation qui risque de t'être pénible.

Elle leva vers lui un visage livide.

– S'il te plaît, Ahmed, s'il te plaît, laisse-moi rester, chuchota-t-elle en tremblant.

Incapable, en cet instant, de lui refuser quoi que ce fût, le Cheik fit un signe d'assentiment et déposa un baiser sur ses boucles cuivrées avant de se tourner vers Saint-Hubert :

– Alors, Raoul?

Saint-Hubert rapprocha sa chaise.

– D'abord, l'information que tu voulais, dit-il d'un air las. Je suis désolé, Ahmed, mais je n'ai pu l'obtenir. La petite déteste le Maure, et elle le craint en raison de la cruauté dont il a toujours fait preuve à son égard. Elle déteste et elle craint les étranges acolytes de cet individu. Elle refuse cependant de donner le moindre renseignement sur leurs activités en Algérie.

» Je suis quand même parvenu à lui faire raconter sa vie. Une triste existence, passée à vagabonder d'un bout à l'autre de l'Afrique du Nord, mais essentiellement en Tunisie, bien qu'ils se soient rendus dans le Sud marocain l'année dernière... Le Sud marocain, Ahmed! Là où semblent remonter ses tout premiers souvenirs de petite fille – et là où l'on m'a précisément signalé le passage de Ghabah le Maure l'an dernier...

» J'ai essayé de la faire remonter dans le passé. Mais ses souvenirs d'enfance sont confus. Poussée dans ses derniers retranchements, elle s'est mise à évoquer vaguement un temps où elle n'était pas seule avec son maître brutal, un temps où quelqu'un était gentil avec elle et la caressait doucement au lieu de la battre, quelqu'un qui avait une voix délicieuse et lui chantait des chansons. Cette personne qui hante ses rêves était-elle un homme ou une femme? Elle n'en sait rien et dit n'avoir jamais eu de mère.

» J'ai prononcé le nom de Ghabah, mais il n'évoque rien pour elle.

» En fait, je n'ai découvert aucune preuve formelle de son identité. J'ai néanmoins l'absolue conviction qu'elle est bien la jeune fille que je recherche. Le faisceau de probabilités est impressionnant. Quant à sa ressemblance avec Isabeau, elle est trop frappante pour que le doute soit permis.

» En attendant que j'aie retrouvé le Maure et prouvé qu'il ne fait qu'un avec l'assassin de mon pauvre ami, je tiens donc pour établi que cette jeune fille est Isabeau de Chailles – on lui avait donné le prénom de sa mère.

– Crois-tu que tu parviendras *effectivement* à prouver un jour ce que tu avances?

Tout, dans l'expression du Cheik, exprimait encore l'incrédulité. Mais Saint-Hubert, qui le connaissait bien, savait quelle agitation se dissimulait sous cette attitude.

– Laisse-moi au moins tenter ma chance, dit-il doucement. Qui sait? Peut-être ne parviendrai-je jamais à mettre la main sur cet homme – seul être au monde à connaître les origines de la malheureuse enfant. Dis-toi bien cependant ceci : quoi qu'il advienne, quoi qu'on puisse découvrir sur le compte de cette petite – et en admettant même que, pour l'instant, tu sembles plus directement concerné que moi par son existence –, il n'en demeure pas moins que son avenir me regarde et que c'est moi qui en déciderai.

Il resta un moment immobile, la main posée sur l'épaule du Cheik. Puis, attiré comme par un aimant, il s'approcha du divan où Diana s'était réfugiée.

– Raoul... Est-ce qu'elle aime vraiment le petit?

Cette voix brisée faillit lui faire perdre la tête et il plongea son regard dans les yeux humides de la seule femme qu'il n'aurait jamais le droit de posséder. Ivre de désir, il mesura la grâce de cette créature exquise qu'il avait un jour tenue évanouie dans ses bras.

Puis ses pensées revinrent à une autre silhouette gracile qui s'était agenouillée à ses pieds, il y avait à peine une heure, et qui, secouée par les sanglots, lui avait demandé des nouvelles de « son Seigneur, qui l'avait quittée dans un moment de colère ».

– Qui suis-je, pour savoir ce qui se passe dans le cœur d'une femme? murmura-t-il.

Ses lèvres tremblaient et il y avait dans sa voix une amertume que Diana ne lui avait jamais connue auparavant.

Sortant précipitamment de la tente, il s'enfonça dans les ténèbres qui s'épaississaient.

Au campement d'Ahmed Ben Hassan, les quelques jours qui suivirent les révélations du vicomte de Saint-Hubert furent éprouvants pour tout le monde.

Raoul de Saint-Hubert rendait quotidiennement visite à la jeune fille isolée à El-Hassi et usait de son infinie patience pour tenter de percer le brouillard dans lequel se noyaient ses souvenirs d'enfance. Chaque entrevue le confortait dans sa certitude d'avoir trouvé en Jasmine l'héritière de ses amis assassinés.

Encline à le croire, Diana ne parvenait toujours pas à fléchir l'obstination du Cheik, plus opposé que jamais à ce qu'elle se rende auprès de la prisonnière.

Le chef de tribu se refusait en outre catégoriquement à ce que l'on fasse la moindre allusion aux origines possibles de la jeune fille en présence de son fils. Et, sur ce point, Diana était bien obligée de reconnaître que son époux avait sans doute raison : l'attitude de leur enfant ne permettait pas de prévoir sa réaction, face à une telle révélation.

Obéissant scrupuleusement aux ordres reçus et apparemment indifférent à ce que Jasmine pouvait penser de son absence, le fils du Cheik n'avait en effet plus jamais repris le chemin d'El-Hassi. Retiré dans un isolement absolu, il se tenait à l'écart du cercle familial et Diana elle-même n'avait pu le rencontrer qu'une seule fois, au cours d'une brève entrevue qui les avait laissés tous deux malheureux et insatisfaits. Le dressage d'un lot de poulains, auquel il se consacrait de l'aube au coucher du soleil, lui servait tout à la fois d'excuse vis-à-vis des proches qu'il négligeait et de dérivatif aux tourments qui l'accablaient.

Quant à Caryll, toujours aussi froid, toujours aussi distant, il vivait dans un isolement aussi complet que son frère. A l'exception des repas pris en commun, il ne voyait guère plus ses parents que ne l'exigeait la politesse la plus élémentaire.

Saint-Hubert était le seul avec lequel l'« Anglais » s'ouvrît un peu. Mais, même avec lui, il demeurait sur la défensive.

Devinant que la jeune danseuse kidnappée à Touggourt et la captive d'El-Hassi ne faisaient qu'une, le vicomte avait abordé sans détour le sujet de l'enlèvement et interrogé Caryll sur la personnalité du ravisseur.

Sa question n'avait suscité qu'une réponse aussi vague que bougonne. Mais le visage écarlate du jeune homme et l'étincelle de rage qui avait brillé dans ses yeux étaient plus éloquents qu'un long discours.

Toujours soucieux de recueillir le maximum de renseignements, Saint-Hubert lui avait raconté ce qu'il avait découvert à El-Hassi et, exigeant confidence pour confidence, lui avait arraché bribe par bribe tout ce qu'il savait sur la jeune fille.

Hélas, aucune lumière nouvelle n'avait jailli de cette conversation pénible, qui n'avait fait que plonger Caryll dans une morosité plus noire et aggraver la perplexité de Saint-Hubert.

Les jours succédaient donc ainsi aux jours, amers, monotones, lourds d'angoisse et de tension contenue.

Au cœur même du drame, Diana n'échappait aux affres de la torture morale que grâce à la tendresse redoublée que lui prodiguait le Cheik.

Mais même dans ses moments d'abandon les plus tendres, cet homme inflexible demeurait ferme sur ses positions : jamais elle n'obtiendrait son consentement pour se rendre à El-Hassi.

Et sans ce consentement, oserait-elle y aller?

Cette question, elle se l'était posée bien souvent depuis près d'une semaine.

Des années auparavant, la peur lui avait appris à ployer sous le joug, avant que l'amour ne rende cette soumission naturelle et facile. Mais malgré tout son amour, la peur ancienne était toujours là, prête à resurgir.

Aurait-elle la force morale de braver ouvertement le Cheik? Se risquerait-elle à encourir son inévitable colère?

Car il serait furieux, c'était évident, et ne comprendrait jamais les motifs qui l'animaient.

Au matin du cinquième jour, n'en pouvant plus, elle prit enfin la résolution d'écouter la voix de son instinct. Et, sans pour autant minimiser les risques de l'entreprise, elle décida de faire ce que, au plus profond d'elle-même, elle estimait indispensable.

Elle irait à El-Hassi. Elle s'y rendrait parce que son sens du devoir lui dictait sa conduite. Et le soir même, quand Ahmed Ben Hassan reviendrait au campement, elle lui avouerait tout.

Que n'eût-elle donné pour obtenir son consentement et pouvoir ainsi agir au grand jour! Hélas, il n'y fallait pas songer.

Elle se rendrait donc auprès de la jeune fille en dépit de l'interdiction formulée par l'homme qu'elle aimait. Et elle s'y rendrait aujourd'hui même, mettant à profit son absence.

Il venait en effet de partir, en compagnie de Caryll, pour un campement lointain et fort opportunément situé dans la direction opposée à celle d'El-Hassi. Et il ne serait pas de retour avant la tombée de la nuit.

Lorsqu'elle avait vu son mari et l'aîné de ses fils s'éloigner sur leurs chevaux, son courage l'avait un instant abandonnée. Mais elle avait retrouvé toute sa détermination en pensant à la jeune fille, qui était peut-être Isabeau de Chailles.

Ses lèvres avaient frémi et elle avait enfoui son visage dans ses mains.

– Oh, mon fils! mon fils!

Tout en murmurant ces mots désespérés, elle avait gagné sa chambre pour se changer.

Lorsqu'elle revint, le déjeuner était prêt. Et, quelques minutes plus tard, Saint-Hubert entra en jetant à sa montre un coup d'œil contrit.

– Toujours en retard! Je suis désolé, Diana, s'excusa-t-il.

Voyant qu'il n'y avait que deux couverts, il eut un imperceptible mouvement de recul avant de s'installer en face d'elle.

– J'ignorais que nous serions seuls, parvint-il à articuler. Vous n'auriez pas dû m'attendre. Ahmed m'avait dit qu'il allait à Ras-Djebel, mais où est donc Caryll? Je viens d'aller voir dans sa tente, elle est vide.

Diana prit un peu d'omelette avant de répondre.

– Caryll? Il est parti avec Ahmed, dit-elle enfin d'un air distrait, comme s'il n'y avait rien là que de très naturel.

Saint-Hubert retint l'exclamation qui lui montait aux lèvres.

– J'en suis heureux, dit-il vivement. Cela leur donnera l'occasion de... de faire plus ample connaissance. Ils n'en ont guère eu l'occasion jusqu'ici. Je commençais à me demander quand notre bernard-l'hermite allait enfin sortir de sa coquille.

Diana lui lança un étrange regard.

– Il n'y est pas allé de lui-même.

– Vous voulez dire que c'est une suggestion d'Ahmed?

– Une suggestion? Mon cher Raoul, quand donc avez-vous vu Ahmed suggérer quoi que ce soit? J'ai entendu le message qu'il lui a fait envoyer par Gaston ce matin. Et même en déployant l'imagination la plus débridée, on aurait du mal à appeler cela une suggestion. Caryll est allé à Ras-Djebel parce qu'il n'avait pas le choix.

– Je persiste à penser que c'est quand même une bonne chose, murmura Saint-Hubert.

– Je me le demande. Je commence même à me demander s'il n'aurait pas mieux valu que Caryll ne vienne jamais. Il semble n'avoir aucun désir de nous connaître mieux. Je me suis mise en quatre pour qu'il se sente ici chez lui, mais...

Se levant brusquement de table, elle se détourna pour cacher les larmes qu'elle ne pouvait retenir plus longtemps.

– C'est la faute des circonstances, j'imagine, dit lentement Saint-Hubert. Depuis son arrivée, il y a eu des... des complications qui ont bouleversé la vie de tout le monde.

– Mais en quoi ces complications peuvent-elles affecter Caryll? fit-elle en le regardant sans comprendre. Nos problèmes et ceux de son frère ne l'intéressent en rien. Jamais il n'a adressé la parole à son jumeau. Et... Oh! Raoul... J'avais tellement prié pour que mes fils deviennent une paire d'amis!

Saint-Hubert, qui en savait plus long qu'elle, haussa les épaules avec tristesse :

– Il est encore trop tôt, Diana. Mais une fois les difficultés présentes résolues...

– Si elles le sont jamais! Oh! Raoul, comment tout ceci va-t-il se terminer?

– Dieu seul le sait, soupira-t-il.

Un long silence s'instaura entre eux. Les yeux perdus dans le vague, Diana se demandait comment aborder le sujet qu'elle avait en tête et craignait que Raoul n'aille, lui aussi, s'opposer à son projet.

– Quelqu'un a-t-il jamais eu un ami tel que vous? s'écria-t-elle soudain. Vous savez ce que vous représentez pour Ahmed. Mais je ne crois pas que vous ayez la moindre idée de ce que vous m'avez apporté à moi, depuis que je vous connais, et dont je vous suis infiniment reconnaissante.

– Et moi, donc, n'ai-je pas aussi des raisons d'être reconnaissant? répondit-il d'une voix étrangement sourde. N'avez-vous jamais pensé à ce que vous pouviez représenter, Ahmed et vous, pour un homme aussi solitaire que je le suis?

Riant doucement, elle secoua la tête :

– Voyons, Raoul, ne soyez pas si modeste! Vous comptez plus d'amis que vous ne le croyez!

Mais ses pensées étaient déjà ailleurs, et elle reprit d'un ton grave :

– Vous êtes allé à El-Hassi plus tôt que d'habitude, ce matin, n'est-ce pas?

Elle s'interrompit un instant et dissimula son regard trop expressif derrière l'écran de ses cils baissés. Lorsqu'elle poursuivit, il y avait une note d'hésitation dans sa voix :

– Y avez-vous découvert... quelque chose de nouveau?

– Rien de nouveau, Diana.

– Mais vous êtes toujours aussi sûr de vous, aussi persuadé que...

– Je suis certain d'avoir raison.

Croisant et décroisant les doigts, Diana tenta

– en vain – de se composer un visage impassible :

– Vous n'avez pas voulu me répondre la première fois que je vous ai posé cette question, Raoul. Mais dites-moi la vérité maintenant, je vous en prie... Est-ce qu'elle aime vraiment le petit ?

Saint-Hubert rencontra ses yeux implorants. Il la regarda longuement. Puis, le visage aussi blanc, aussi décomposé que celui de la jeune femme, il se leva.

– Si elle l'aime ? dit-il d'une voix rauque. Ah, que ne pouvez-vous la voir ! Vous ne vous poseriez plus la question !

– Je vais la voir... cet après-midi.

Il sursauta :

– Mais vous n'y songez pas ! Ahmed sera...

– Je sais, Ahmed sera furieux, l'interrompit-elle d'une voix lasse. Mais je ne peux pas ne pas y aller. Il faut que je la voie. Même si elle n'est pas Isabeau de Chailles, cela ne change rien. C'est une jeune fille, elle a des ennuis, elle est toute seule, il n'y a que des hommes autour d'elle...

– Pas que des hommes. Ahmed lui a envoyé une femme, dès le premier jour. Il ne vous l'avait pas dit ?

– Non, il ne m'en a jamais parlé, dit-elle lentement.

Elle avait les yeux fixés sur Saint-Hubert. Mais ce n'était pas lui qu'elle voyait, c'était le Cheik, cet époux dont le caractère complexe recelait encore bien des profondeurs qu'elle n'avait pas sondées.

Secouant la tête avec un petit mouvement d'impatience, elle ramena ses pensées vagabondes au moment présent :

– Je n'aime pas désobéir à Ahmed. Mais dans ce cas précis, je dois me fier à mon intuition. Je pars pour El-Hassi à l'instant même. Si vous voulez m'accompagner, j'en serai heureuse, mais si vous préférez rester ici...

Le reproche qu'elle lut dans ses yeux l'arrêta. Et, prise de remords, elle lui saisit la main.

– Faites seller votre cheval. Il faut que je me mette en route avant d'avoir le temps de trop réfléchir, dit-elle avec un pauvre petit rire.

Et tout en se dirigeant vers le seuil de la tente, elle ajouta :

– Si vous prenez Mohammed avec vous, cela sera suffisant comme escorte.

Lorsqu'ils atteignirent la haute dune qui dominait El-Hassi, Diana retint son cheval et détailla sans rien dire la petite oasis blottie au fond de la cuvette.

La visière de son casque dissimulait son visage, mais Saint-Hubert remarquait les pulsations rapides de sa gorge délicate que découvrait le col défait de son chemisier de soie blanche.

Elle engagea bientôt sa monture dans la descente.

Le campement avait l'air presque désert et seuls une demi-douzaine d'hommes se précipitèrent à leur rencontre.

Sans rien laisser paraître de la surprise que lui procurait l'arrivée inattendue de Diana, Ramadan la salua avec sa gravité coutumière et se hâta de présenter ses excuses pour la garde réduite qui l'avait accueillie.

Mais la jeune femme coupa court avec une brusquerie qui ne lui ressemblait pas. Et, après lui avoir fait signe d'attacher les chevaux, elle se dirigea vers la petite tente double. Elle ralentit cependant le pas à mesure qu'elle s'en approchait et s'arrêta devant l'entrée, tremblant comme une feuille et dans un tel état que Saint-Hubert posa la main sur son bras pour la retenir :

– Laissez-moi y aller d'abord, je vais la préparer.

Mais elle secoua la tête :

– Je veux la voir telle qu'elle est. Je vous en prie, attendez... attendez que je vous appelle.

Et Saint-Hubert, comprenant son intention, recula pour la laisser pénétrer dans la pénombre de la tente.

La première pièce était vide et parfaitement en ordre. S'avançant sur les épais tapis, Diana s'arrêta un instant auprès du divan, se débarrassa de son casque et repoussa ses cheveux trempés de sueur.

Elle frissonnait encore à l'idée de cette entrevue qu'elle redoutait tellement quand lui parvint de la chambre le son d'une voix délicieuse qui fredonnait doucement.

Sans faire de bruit, elle écarta les rideaux de soie et regarda la gracieuse silhouette assise par terre au milieu de la chambre jusqu'au moment où des larmes de pitié lui brouillèrent la vue.

Perdue dans sa tristesse, la chanteuse se balançait lentement et pressait contre sa joue une veste d'homme aux broderies multicolores que Diana reconnut aussitôt.

Une compassion infinie envahit brusquement la jeune femme. Elle avait sous les yeux une enfant, comme on le lui avait dit. Une enfant fine, délicate, fragile, l'air affreusement triste, et belle,

belle au delà de tout ce que l'on pouvait imaginer.

Et en examinant ses traits avec une intensité fiévreuse, Diana n'était pas seulement frappée par sa beauté. Une intuition l'avait traversée – la conviction soudaine que Saint-Hubert ne s'était pas trompé. Un instinct plus fort que la raison lui criait que si Isabeau de Chailles était vivante, c'était elle qui psalmodiait là son désespoir.

Isabeau de Chailles, la maîtresse de son fils...

Mais comment faire pour avoir la preuve de son identité? Pour réussir là où Saint-Hubert avait échoué? Elle priait avec ferveur que Dieu lui envoyât une inspiration. Et l'idée qui lui vint avait pris naissance dans les profondeurs de son cœur de mère.

Avec une infinie tendresse, elle murmura dans un souffle le nom qui pouvait réveiller les souvenirs de la jeune fille :

– Isabeau...

– *Maman*!

Ce cri sauvage retentit dans toute la tente. La jeune fille bondit, les yeux écarquillés, emplis d'une joie inimaginable.

– *Maman*! répéta-t-elle tout en fixant un point au delà de Diana, comme si elle ne la voyait pas. *Maman*! gémit-elle encore, comme une enfant terrorisée. Pourquoi ne venais-tu jamais? Je t'ai entendue crier, mais c'est *lui* qui est entré – *lui*, avec ses mains toutes rouges, pleines de sang, et il me bat...

Mais le dernier mot se perdit dans un murmure. La joie qui avait envahi ses traits se transforma en une expression d'hébétude tandis que le voile de l'oubli recouvrait de nouveau le passé et que la porte de sa mémoire, un instant entrouverte, se refermait une fois de plus inexorablement. Elle soupira, comme au sortir d'un rêve, et chuchota quelques mots en regardant autour d'elle, à la recherche d'une vision évanouie. Elle parut remarquer alors qu'elle n'était pas seule et, se recroquevillant, regarda timidement la mince silhouette qui se tenait devant elle, les bras grand ouverts et les yeux brillants de compassion.

Diana l'appela encore. Mais cette fois, le prénom n'éveilla aucun écho dans l'esprit de la jeune fille.

– Il n'y a personne d'autre que moi, ici, et je m'appelle Jasmine, dit-elle simplement en secouant la tête.

Sa timidité n'en céda pas moins bientôt à une curiosité toute féminine. Et, à bien observer cette étrange visiteuse au doux visage et au costume bizarre qui était venue troubler sa solitude de façon si inattendue, elle sentit confusément s'éveiller en elle une confiance telle qu'elle n'en avait jamais ressenti envers personne.

Sous le coup d'une émotion dont elle ne comprenait pas la nature, elle regardait ces yeux remplis de pitié qui semblaient pénétrer jusqu'au fond de son cœur et l'attiraient de façon irrésistible.

Fascinée, elle s'approcha sans même s'en rendre compte et un léger sourire se dessina sur ses lèvres entrouvertes.

– Au nom d'Allah! murmura-t-elle en désignant une pile de coussins au milieu de la pièce.

Diana, qui était complètement désemparée, lui en fut reconnaissante et se laissa tomber sur ce divan improvisé où elle resta un instant sans rien dire, cherchant ses mots.

– Venez vous asseoir près de moi, fit-elle doucement.

Après une légère hésitation, la jeune fille s'exécuta. Et Diana, qui cherchait un moyen d'engager la conversation, finit par ramasser la veste et l'étaler sur ses genoux.

– C'est une belle veste, dit-elle d'un ton admiratif. Elle doit sûrement appartenir à un grand Sidi.

D'un geste furtif, la jeune fille la lui prit des mains et la serra contre elle d'un air jaloux.

– C'est la veste de mon Seigneur, dit-elle d'une toute petite voix, tandis qu'un flux de sang empourprait son visage sensible.

– Et quel est le nom de votre Seigneur? demanda Diana dont les lèvres tremblaient.

Reculant d'un air brusquement méfiant, Jasmine eut un geste de refus.

– Il est tout simplement mon Seigneur, je n'ai pas besoin de dire son nom, balbutia-t-elle.

Un sanglot secoua Diana, et elle emprisonna les fragiles doigts bruns entre les siens.

– Oh! mon enfant... Comment peux-tu être si loyale envers celui qui t'a fait tant de mal?

La jeune fille retira sa main et se leva en poussant un cri perçant.

– Qui êtes-vous? haleta-t-elle. Que savez-vous de mon Seigneur?

Comme elle n'obtenait pas de réponse, elle se jeta aux pieds de Diana et lui agrippa les genoux.

– Pourquoi ne dites-vous rien? sanglota-t-elle. Que lui est-il arrivé, pour que vous ne vouliez pas parler? Allah! Allah! Est-ce pour cela que j'ai rêvé de lui la nuit dernière, et de cet homme qui voulait le tuer? Dans mes rêves, je les vois toujours en train de se battre... Tous deux sont couverts de sang... et mon Seigneur tombe, un couteau dans le cœur!

Sa voix se transforma en un murmure terrifié :

– Etes-vous un esprit? Est-ce parce qu'il est mort que vous vous trouvez ici?

Incapable de résister plus longtemps à l'élan de tendresse qui la poussait vers Jasmine, Diana saisit dans ses bras le petit corps secoué par les sanglots.

– Non, non, chuchota-t-elle d'une voix brisée, il ne lui est rien arrivé! Et je ne suis pas un esprit, mais une femme comme vous, et qui l'aime autant que vous. Jasmine, Jasmine, ne devinez-vous donc pas qui je suis? Ne vous a-t-il donc jamais parlé de moi, sa...?

Elle s'arrêta soudain, interrompue par un vacarme infernal qui la fit se lever en toute hâte tandis que sa main cherchait automatiquement le revolver qu'elle ne portait plus depuis des années.

Des coups de feu, des hurlements rauques la ramenèrent vingt ans en arrière et réveillèrent en elle l'horrible souvenir d'Ibrahim Omar.

Paralysée par la peur, elle fixait d'un air absent le visage de la jeune fille qui la regardait de ses grands yeux étonnés au fond desquels montait une terreur immense.

Tout à coup, elle entendit la voix de Saint-Hubert s'élever à travers le tumulte. Dans un sursaut, elle saisit le poignet de la jeune fille et l'entraîna vers le seuil de la tente. Tandis qu'elles couraient, il y eut dans leur dos le bruit d'un tissu qu'on déchire, et le sifflement d'une balle qui traversait les précieuses tentures.

Se baissant instinctivement et obligeant Jasmine à l'imiter, Diana se dirigea vers l'endroit où, revolver à la main, Saint-Hubert l'appelait. Son visage avait la couleur de la cendre et, lorsqu'elle le rejoignit, il marmonna quelque chose qu'elle ne comprit pas avant de l'enlacer d'un geste convulsif.

Tout en s'accrochant à lui, le souffle coupé, Diana chercha à comprendre les causes de ce vacarme. Et elle eut l'impression que son cœur s'arrêtait de battre.

Ramadan et Mohammed se précipitaient vers eux avec les chevaux cependant qu'un combat infernal faisait rage tout autour des tentes abritant les membres de la minuscule garnison.

En dépit de la fumée des fusils et des tourbillons de sable et de poussière, Diana vit une poignée d'hommes de sa tribu qui tentaient vaillamment de repousser des assaillants six fois supérieurs en nombre.

Des pillards! Sur le territoire d'Ahmed Ben Hassan! C'était presque inimaginable! Et ces hommes... fallait-il qu'elle reste là sans rien faire pendant qu'on les massacrait sous ses yeux?

– Raoul! cria-t-elle. Nos hommes!

– Ne vous occupez pas des hommes! répondit-il brutalement. C'est à vous que je pense, et à la petite! Mon Dieu! Pourquoi Ahmed est-il parti vers le nord? Ecoutez-moi, Diana, ajouta-t-il d'une voix rauque tout en resserrant inconsciemment son étreinte, si Ramadan et Mohammed arrivent à temps jusqu'ici, sautez en selle et enfuyez-vous aussi vite que possible! Ne nous attendez pas, ni moi ni eux! Et galopez comme vous n'avez jamais galopé de votre vie! Dieu merci, les chevaux sont frais!

Sans rien dire, Diana lui serra la main. A cet instant, il la poussa violemment en arrière, s'interposant entre elle et le spectacle qu'il voulait lui cacher.

Mais elle avait eu le temps de voir et, sans se soucier des balles qui sifflaient autour de sa tête, elle contempla avec des yeux brillants de colère les pillards qui arrivaient droit sur eux.

Tous tombés à présent, ses hommes étaient piétinés sans pitié.

Il ne restait plus que Ramadan et Mohammed.

A ce moment précis, Mohammed tournoya tout à coup comme un pantin désarticulé et s'abattit sur le sable.

Couché sur l'encolure, Ramadan continuait à galoper vers eux avec trois chevaux tout en tirant sans discontinuer.

Avec un hurlement de triomphe, les pillards passèrent sur le corps de Mohammed et se ruèrent dans leur direction.

Le bruit était devenu assourdissant. Frissonnante, Diana vit que Ramadan était cerné. Puis un hurlement ininterrompu la fit se retourner vers la jeune fille qui était restée jusque-là silencieuse.

Elle n'avait pas été touchée par une balle perdue, non, c'était la terreur qui la faisait se recroqueviller sur le sol. Et là, le visage enfoui dans les bras, elle hurlait sans trêve un prénom – Ahmed! – qui aurait aussi bien pu monter aux lèvres de Diana.

Une nouvelle volée de balles crépita autour de leur tête sans les blesser. Et soudain les pillards furent sur eux.

Faisant aux deux femmes un rempart de son

corps, Saint-Hubert ouvrit le feu sur les assaillants. Il tirait froidement, posément, sans se presser et sans gaspiller ses munitions.

Une interminable minute s'écoula. Puis il y eut un fracas infernal et Diana ne se rappela jamais clairement ce qui se passa par la suite. Assourdie par le tumulte, incapable de distinguer ce qui arrivait, elle fut envahie par une étrange impression de rêve et n'eut plus conscience que d'une chose : la jeune fille, devenue presque folle, dont elle essayait d'étouffer les hurlements en la serrant contre sa poitrine.

Soudain, la toile de la tente contre laquelle elle s'appuyait céda et le frêle édifice s'écroula lentement tandis qu'on lui arrachait Jasmine.

Elle se retrouva les mains vides, entourée de visages inconnus, perdue au milieu de chevaux qui virevoltaient. Au même instant, Saint-Hubert tituba, tomba en arrière, et, déséquilibrée, Diana s'écroula sous son poids, face contre terre.

Affalée sur le sable, elle se débattit, essayant de reprendre son souffle. Mais malgré sa peur, elle ne pensait qu'à Raoul, qui était peut-être mort pour la défendre.

Lentement, au prix de douloureux efforts, elle parvint à se dégager et essuya sa bouche et ses yeux emplis de sable. Elle se demandait ce que signifiait ce silence de mort qui régnait maintenant.

Tremblant de la tête aux pieds, blottie contre le corps inanimé de Saint-Hubert, elle s'obligea à regarder les cadavres qui gisaient sur le sol couvert de sang et vit que la plupart des pillards survivants ainsi que le ravisseur de Jasmine s'éloignaient déjà au triple galop en direction du nord.

Elle découvrit bientôt qu'elle n'était pas seule. Une silhouette s'était relevée avec difficulté au milieu d'un amas de corps et se dirigeait lentement vers elle. Avec un soulagement inexprimable, elle reconnut Ramadan et courut à sa rencontre. En loques, titubant, le sang coulant d'une large balafre à la joue et le bras droit pendant, inerte, il semblait ne tenir debout que par la seule force de sa volonté.

Après s'être d'abord assuré qu'elle n'était pas blessée, il revint avec elle auprès de Saint-Hubert.

Le front labouré par une balle arrivée à l'oblique et les intestins perforés, le Français respirait encore.

Pourtant, Diana lut sur le visage bouleversé de Ramadan l'angoisse qu'elle éprouvait elle-même. Et des larmes lui montèrent aux yeux tandis qu'elle examinait les traits figés de cet homme qui avait été l'ami le plus dévoué et le plus digne de confiance qu'une femme ait jamais eu.

Allait-il mourir avant qu'on puisse le secourir? Ne pourrait-elle rien faire pour atténuer ses souffrances s'il reprenait connaissance? Impuissante, elle jeta un coup d'œil à la tente écroulée derrière elle, puis regarda Ramadan avec désespoir:

– De l'eau! haleta-t-elle. Oh! Ramadan, pouvez-vous aller jusqu'au puits?

Il se redressa avec un faible sourire :

– *Inch' Allah*!

Mais comme il commençait à se traîner en direction du puits, un hurlement de Diana l'immobilisa. Les yeux exorbités, la jeune femme lui désignait du doigt une scène d'horreur en train de se dérouler à quelques mètres à peine.

Ramadan avait bien remarqué, un peu plus tôt, que deux de leurs assaillants, tombés côte à côte, avaient été abandonnés sur le terrain, laissés pour morts par leurs complices.

Or, ces deux corps venaient de bouger. Rampant à demi, le plus petit des deux blessés semblait vouloir à tout prix s'éloigner de son compagnon. Mais ce dernier, un géant d'une taille peu commune, se dressa soudain et, tirant de sa djellaba une dague, la lui planta dans le dos à trois reprises.

Sans trop savoir ce qu'il faisait, Ramadan ramassa une pierre et, la lançant de toute la force de son bras gauche valide, atteignit le colosse à la tête, l'assommant pour le compte.

Comme il s'arrêtait quelques secondes plus tard pour retourner du pied le corps gigantesque, Ramadan se mit à jurer comme jamais Diana n'avait entendu personne jurer auparavant. Se baissant, il examina le visage sinistre et maculé de sang.

– Le Maure! grommela-t-il.

Puis il resta un moment indécis. De la main gauche, il tira son revolver de son burnous. Mais, avant même que Diana ait pu deviner ses intentions, il rengaina son arme.

– Sa place est en enfer, fit-il froidement remarquer. Mais il ne faut pas que je le tue : mon jeune Seigneur le veut vivant!

Tout en racontant en deux mots ce qu'il savait sur le Maure, il voulut s'emparer de la dague toujours plantée dans le dos de la victime et, ce faisant, poussa une exclamation de surprise.

L'homme que le Maure venait d'assassiner sous leurs yeux était, lui aussi, une vieille connaissance : il s'agissait de l'un des deux étrangers qui avaient participé à l'enlèvement du jeune Ahmed. Fouillant rapidement le cadavre de son bras valide, le fidèle Ramadan ne tarda pas à découvrir, sous les plis de la djellaba dont s'était revêtu l'agitateur, une pochette de cuir bourrée de documents. Devinant le parti que le Cheik saurait tirer de la trouvaille, il remit le tout à Diana avant de tailler tant bien que mal des liens dans les cordages de la tente écroulée et de prier la femme de son maître de l'aider à ligoter étroitement le géant abattu.

Cette tâche menée à bien, il boitilla vers le puits, tandis que Diana revenait s'asseoir auprès de Saint-Hubert et appuyait doucement la tête et les épaules de son ami contre ses genoux.

Elle commençait à ressentir les effets du choc qu'elle avait subi et, encore hébétée, avait toujours l'impression de vivre un cauchemar.

Penser à Jasmine la rendait presque folle. Au cours de cette brève entrevue, elle s'était d'emblée prise d'une affection sans réserve pour cette enfant qui endurait les tourments qu'elle-même avait autrefois connus. Et lorsqu'elle l'avait prise dans ses bras, ç'avait été comme si Dieu lui accordait enfin la fille qu'elle avait toujours désirée, mais n'avait jamais pu avoir.

Et dire que cette petite aurait pu devenir sa fille si...

Elle se mordit les lèvres et ravala ses larmes. Son fils aimait-il Jasmine? Et même s'il apprenait à l'aimer, comme le Cheik avait appris à l'aimer, elle, pourrait-on jamais la retrouver? N'était-ce pas la fin des recherches si dévouées de Raoul?

Raoul! Elle le regarda avec inquiétude. N'était-elle pas responsable de la catastrophe qui venait de se produire? Et si son ami venait à mourir, Ahmed le lui pardonnerait-il jamais?

A présent, le blessé s'agitait dans ses bras. Il gémissait, murmurait des mots incohérents, et Diana essuya ses larmes pour pouvoir suivre Ramadan des yeux.

Au milieu des tentes, une autre silhouette clopinante se profila et finit par rejoindre la première.

Il ne restait que deux survivants... plus Raoul, qui était en train de mourir.

Il faudrait sans doute attendre encore des heures avant que sa longue absence n'éveille l'inquiétude et ne fasse sortir la garde du campement principal.

Elle s'accrocha à l'idée que des chevaux avaient peut-être pu s'enfuir et rejoindre seuls le campement, donnant ainsi l'alerte. Mais cet espoir lui fut enlevé lorsque Ramadan revint, accompagné de l'autre survivant, porteur d'une gourde en peau de chèvre.

Couvert de meurtrissures mais moins grièvement blessé que Ramadan, l'homme s'agenouilla auprès de Saint-Hubert pour mouiller un mouchoir et lui humecter les lèvres.

Mis hors de combat, il n'était revenu à lui qu'au moment où les pillards prenaient la fuite, emmenant les chevaux ainsi que la jeune fille, qu'il avait vue en travers de la selle de l'individu qui semblait être le chef des bandits.

Recouvrant rapidement ses forces, le rescapé tendit bientôt la gourde à Diana et déclara qu'il était prêt à partir chercher de l'aide.

Avant qu'il ne se mette en route, Ramadan lui demanda de l'aider à vérifier les liens qui entravaient le Maure et à tirer la lourde masse ficelée un peu à l'écart de l'endroit où Diana était assise.

Alors seulement le compagnon du jeune Ahmed s'allongea sur le sable, à bout de force, surveillant son prisonnier et se laissant aller pour la centième fois au regret de ne l'avoir pas tué quand il en avait eu l'occasion, à Tougourt.

Les heures s'égrenaient, interminables et, voyant les ombres s'allonger, Diana sentit la peur l'envahir à l'idée des ténèbres qui allaient bientôt l'entourer.

L'endurance dont elle avait jusqu'ici fait preuve faiblit tout à coup et, en proie à une panique grandissante, elle promena son regard sur les cadavres épars, terrorisée à l'idée de rester seule. Enfin endormi, Ramadan gisait en effet sur le sable piétiné. Quant à Saint-Hubert, s'il respirait encore, il était à présent inconscient entre ses bras. Et elle porta la main à sa bouche pour étouffer le hurlement qui la déchirait.

– Ahmed! Oh! Ahmed... Viens à mon secours!

L'écho de son cri résonnait encore que, comme par miracle, soudain, le Cheik arriva. L'espace d'une seconde, elle le vit, aux prises avec son cheval surexcité, se détacher sur l'horizon.

Puis, semblables à une vague écumante déferlant sur le rivage, ses compagnons apparurent au sommet de la dune qu'ils dévalèrent à sa suite.

Dans la foulée de leur père, les deux jumeaux galopaient côte à côte et, tout près d'eux, elle crut apercevoir Gaston et S'rir.

Mais ses yeux ne pouvaient se détacher du grand étalon noir et du sombre et beau visage de celui qui lui était plus cher que tout au monde.

Avant même que ses fils et ses compagnons

aient eu le temps d'arrêter leurs montures écumantes, il avait sauté à bas de sa selle. Une seconde plus tard, elle était dans ses bras, secouée de sanglots hystériques, implorant son pardon et lui racontant le raid d'une voix haletante.

Mais il n'y avait pas trace de colère, non, il n'y avait que de l'amour dans le regard du Cheik.

– Ma mie, ma mie...! murmura-t-il d'une voix brisée. Tu es saine et sauve, c'est la seule chose qui compte...

Puis, après l'avoir emmenée s'asseoir à l'écart, il se dirigea vers Saint-Hubert auprès duquel Gaston et Caryll s'affairaient déjà.

Pendant que les Arabes, la mine sombre, rassemblaient les morts et les blessés, Diana apercevait, de loin, Gaston et Caryll qui, les manches retroussées jusqu'au coude, prodiguaient les premiers soins à son malheureux ami. Et lorsque le Cheik revint auprès d'elle, quelques minutes plus tard, il lut sur ses lèvres la question qu'elle n'osait formuler tout haut.

– Pas encore, dit-il avec un calme qu'il était loin d'éprouver. Mais ce n'est plus qu'une question d'heures. Il est perdu... Dieu merci, il est toujours inconscient!

Il tourna le dos et s'éloigna pour dissimuler son émotion.

Tout au fond de son cœur, Diana avait su depuis le début qu'il en serait ainsi. Et la confirmation de ses craintes la laissait à présent sans forces.

A travers ses larmes, elle vit Caryll sortir du groupe qui entourait Saint-Hubert et rejoindre son père. Les deux hommes s'approchèrent ensemble de son petit Ahmed, penché sur Ramadan. Ce dernier, appuyé contre les genoux de S'rir, parlait avec animation en désignant le Maure au visage impénétrable qui revenait lentement à lui.

Voir son fils lui remit brusquement en mémoire ce que son inquiétude pour Raoul lui avait fait un moment oublier.

Le jeune Ahmed venait de se retourner pour adresser au Cheik une prière. Diana était trop loin pour l'entendre, mais assez près pour lire sur les lèvres de son enfant une supplication désespérée tandis qu'un froncement de sourcils assombrissait le visage de son époux.

Le Cheik allait-il refuser l'autorisation demandée ? Les hurlements de la jeune fille résonnaient toujours aux oreilles de Diana tandis qu'elle franchissait d'un bond l'espace qui la séparait d'eux et se jetait entre les deux hommes :

– Ahmed! Ahmed! Pour l'amour du ciel, pour l'amour de moi, laisse-le partir! C'est Isabeau de Chailles, je le *sais*!

Le Cheik contempla ses yeux baignés de larmes. Puis il étudia le visage de son fils et fit soudain un signe d'assentiment.

– Que Dieu t'accompagne, dit-il brièvement.

Sur quoi il cria un ordre qui fit sauter en selle une cinquantaine d'hommes hurlant comme des fous.

Le tumulte ne tarda cependant pas à se calmer tandis qu'ils se mettaient en rang. Et, dans le silence relatif qui suivit, Diana sentit les bras de son fils se refermer autour d'elle dans une brève étreinte, et elle l'entendit murmurer d'une voix rauque « Petite mère! Petite mère! » avant de s'écarter d'elle et de se diriger vers le cheval que S'rir venait de lui amener.

Le jeune homme avait déjà le pied à l'étrier quand une main se posa sur son épaule. Il se retourna et rencontra un visage presque aussi décomposé que le sien.

Les yeux des deux frères se croisèrent, et chacun soutint le regard de l'autre. Puis Caryll s'éclaircit la voix :

– Je... Hum!... Je sais que ce sont vos affaires et non les miennes. Mais si vous vouliez bien m'emmener avec vous, je vous en serais très reconnaissant.

9

Sous la tente du Cheik, Raoul de Saint-Hubert luttait contre la mort. Bien décidé à vivre jusqu'au retour du jeune Ahmed ou jusqu'à ce qu'il ne reste plus aucun espoir de le voir revenir avec la jeune fille qui leur était à tous deux si chère, il semblait tenir la camarde en échec par la seule force de sa volonté.

Le voyage d'El-Hassi jusqu'au campement avait été long et pénible : sur le terrain rocailleux, les porteurs chargés du brancard improvisé avaient eu beaucoup de peine à marcher sans trop secouer le blessé.

Le trajet ne dépassait guère une dizaine de kilomètres, mais Diana avait l'impression qu'ils en avaient parcouru au moins cinquante.

La jugeant encore sous l'effet du choc subi, Ahmed avait refusé de la laisser monter à cheval, et elle avait fait le voyage dans les bras de son époux, dévorée d'inquiétude pour ses deux fils et craignant à tout instant d'apprendre la mort de Saint-Hubert.

Ils étaient arrivés à destination après la tombée de la nuit. Et Diana, physiquement et moralement à bout, s'était endormie d'épuisement pendant que le Cheik la portait dans sa chambre. Elle ne s'était même pas réveillée lorsqu'il lui avait ôté ses bottes et son costume d'équitation trempé de sang. Et elle avait dormi d'une traite toute la nuit, tandis que le Cheik et Gaston veillaient dans la pièce voisine.

Mais au matin, elle avait pu assurer son tour de garde et prodiguer à Saint-Hubert tous les soins nécessaires, accompagnant le moindre de ses gestes d'un sourire rassurant auquel il répondait chaque fois en clignant faiblement de ses yeux battus par la fièvre.

Ce jour-là, toutes les activités habituelles du campement avaient été suspendues. Ce fut une journée d'angoisse, qui semblait ne jamais devoir toucher à sa fin. Diana avait les nerfs à fleur de peau, et le Cheik lui-même semblait affecté par la tension générale.

Au début de l'après-midi, il avait envoyé à ses fils des renforts accompagnés d'estafettes qui devaient se poster à intervalles réguliers le long de la route afin que les nouvelles, attendues avec tant d'inquiétude, parviennent au campement dans les meilleurs délais.

Dissimulant sa propre angoisse, Ahmed Ben Hassan s'efforçait de calmer les craintes de Diana. On ne savait encore rien des garçons? Mais c'était normal : les pillards avaient plusieurs heures d'avance et l'inévitable accrochage n'avait peut-être pas encore eu lieu. Le rapport des forces? Le détachement qui accompagnait les jumeaux était largement supérieur en nombre à la bande qu'ils poursuivaient. Mais malgré tous les efforts qu'elle avait faits pour se laisser convaincre par ses arguments, il voyait bien que son agitation ne faisait que croître à mesure que le temps passait.

Vers 4 heures, le Cheik, assis au chevet de Saint-Hubert et perdu dans de douloureux souvenirs, s'aperçut soudain que le blessé avait les yeux ouverts et le regardait en esquissant ce sourire bizarre qui lui était coutumier. Et il entendit la voix, à la fois railleuse et amicale, qu'il connaissait si bien :

– Où étais-tu, Ahmed?

Le Cheik saisit la main pâle et affaiblie qui se tendait vers lui.

– En enfer, je suppose, dit-il avec amertume. Ou, en tout cas, plus près de l'enfer que je ne le serai jamais. Car il ne peut guère être pire que les tourments que nous nous forgeons nous-mêmes.

Cela faisait bien des années qu'aucun des deux hommes n'avait abordé ce sujet. Mais Saint-Hubert n'ignorait pas quel terrible remords n'avait cessé d'assombrir le bonheur de son ami. Et il devinait l'association d'idées qui venait de provoquer ces paroles amères.

– L'enfer peut-il empoisonner le paradis, mon ami? dit-il d'une voix tendrement moqueuse. Tu as eu droit à vingt ans de paradis sur terre... Pourquoi revenir sur le passé? Puisqu'elle peut oublier, pourquoi pas toi?

– Si tu avais agi comme je l'ai fait, s'écria le Cheik avec une amertume croissante, est-ce que tu pourrais oublier? Mais toi, jamais tu n'aurais commis une telle infamie!

– Qui sait? murmura Saint-Hubert en s'agitant sur son oreiller. Pour remporter un tel trophée, j'aurais fort bien pu moi-même en faire autant. Et si la tentation...

Sa voix se brisa, et son regard se dirigea presque inconsciemment vers les rideaux de la chambre.

– Tout comprendre, c'est tout pardonner, murmura-t-il. Elle comprend tout, et c'est parce qu'elle t'aime qu'elle a été capable de pardonner et d'oublier. Si, depuis, tu avais manqué à tes devoirs à son égard, si tu n'avais pas tout fait pour conserver son amour, là, oui, tu aurais lieu de te repentir. Mais tu l'as rendue heureuse. Cela ne compte-t-il donc pour rien?

– Cela a été ma seule raison de vivre, répliqua le Cheik d'une voix rauque. Sans son amour et sans ton amitié, Dieu seul sait ce que je serais devenu.

Honteux de l'émotion soudaine qui l'assaillait, il se leva brusquement et se dirigea vers la table où s'étalaient les papiers découverts par Ramadan sur le cadavre de l'étranger que le Maure avait assassiné la veille. Et Saint-Hubert, qui le regardait froncer les sourcils en examinant les documents, remercia le ciel, comme il l'avait bien souvent fait au cours de ces vingt dernières années, de lui avoir donné la force de conserver cette amitié. Même l'amour qui le consumait n'avait pu la ternir, et cette amitié parfaite aurait duré jusqu'à la mort.

La mort! Un petit sourire flotta sur les lèvres de Raoul. Il pouvait y penser calmement, car il n'avait rien à perdre, rien à se reprocher : la femme qu'il aimait était heureuse, et si seulement il parvenait à tenir jusqu'au retour de

Jasmine – car les jumeaux la ramèneraient, il en était sûr –, il pourrait mourir sans regrets.

Mais mourir sans savoir... Dieu! cela, ce serait dur!

Brusquement, sa main se crispa sur la couverture. Une douleur lancinante le traversait de part en part. Il resta quelques instants les yeux fermés, luttant contre la torpeur qui l'envahissait. La sueur de l'agonie ruisselait sur son visage. C'était une alerte qu'il ne pouvait se permettre d'ignorer. S'il voulait apprendre ce qu'il désirait tant savoir, il ne fallait plus tarder davantage. D'une voix faible, il appela le Cheik qui se précipita à son chevet.

– Le Maure..., dit-il dans un souffle. Si je dois le voir, il faut que ce soit maintenant. Et je veux savoir, je veux être sûr avant de vous quitter.

Un coup d'œil à ce visage décomposé qui avait, en quelques secondes, subi une transformation impressionnante, convainquit le Cheik que son ami avait, hélas, raison. Pourtant, il hésitait toujours :

– Pour l'amour de Dieu, épargne-toi cette nouvelle épreuve! Laisse-moi le voir seul...

En dépit de son état de faiblesse, Saint-Hubert lui serra le poignet comme dans un étau :

– Quelle importance, au point où j'en suis! Je veux le voir moi-même, je veux entendre la vérité de sa bouche avant de mourir. Fais-le venir, Ahmed. Cela me sera plus facile, après, de m'en aller.

Incapable de prononcer un mot, le Cheik fit un petit signe d'assentiment et, gagnant le seuil, frappa doucement dans ses mains, puis donna un ordre au serviteur qui attendait à portée de sa voix.

Lorsqu'il revint, rien ne trahissait l'inquiétude qui le rongeait. Son visage était dur, figé. Les sourcils rassemblés dans leur froncement des mauvais jours, il écarta un peu sa chaise du divan pour attendre en silence le prisonnier.

Conscient de n'avoir plus que très peu de forces, Saint-Hubert gardait lui aussi le silence. Mais ses yeux brillaient d'une attente fiévreuse.

Un serviteur vint sans bruit rallumer les lampes que l'on avait éteintes pour laisser la pièce se rafraîchir. Le scribe qui devait recueillir les aveux du Maure se glissa à son tour dans la tente, salua son chef avec déférence, puis s'accroupit auprès de lui avant d'étaler son matériel sur ses genoux. Ce fut ensuite Youssef qui entra, accompagné de deux représentants de tribus vassales qui se placèrent derrière leur suzerain. Puis le Maure parut, flanqué de ses gardiens.

Couronné de bandages, marbré de taches rouges, le visage de l'assassin n'était qu'un masque de haine féroce. Il lança un coup d'œil au blessé et balaya d'un regard furtif la pièce somptueusement meublée avant de se tourner, avec un air de défi, vers le maître des lieux.

Le Cheik resta un instant sans bouger ni parler. Puis il leva très lentement la tête :

– Tout a une fin, les hommes comme les choses. Et parce que, par ta faute, la fin est venue prématurément pour certains de mes hommes, mon cœur souhaite ta mort. Mais il se pourrait bien que cette mort ne soit pas si rapide... Je suis au courant de certaines des atrocités que tu as commises, mais je veux en savoir plus. Si tu veux mourir sans souffrir, il faudra que tu parles.

Il avait prononcé ces paroles d'un ton calme, presque avec indifférence, et sa voix de basse portait à peine au delà du demi-cercle d'hommes armés qui se tenaient derrière le prisonnier. Mais il y avait dans la menace de ces derniers mots et dans le regard froid qui les accompagnait quelque chose qui fit tressaillir le Maure.

– Puisqu'il me faut mourir, je mourrai sans rien dire! aboya-t-il. Que gagnerais-je à parler?

Le Cheik haussa les épaules et une lueur de mauvais augure brilla dans ses yeux.

– Ce que tu y gagnerais? répéta-t-il avec un terrible sourire. As-tu oublié que nombreux sont les chemins qui mènent au paradis, ou à l'enfer? Ecoute-moi bien et, quand j'en aurai fini, tu choisiras toi-même le chemin que tu veux prendre.

Puis, d'une voix toujours aussi impersonnelle, il se mit à parler, et ses mots firent frissonner l'énorme silhouette de cet homme qui, pourtant, avait fait subir un sort bien pire encore à ceux qui avaient eu le malheur de s'opposer à ses sinistres desseins. Mais l'idée d'expérimenter lui-même ce qu'il avait fait souffrir aux autres ne lui souriait guère. Sa respiration haletante trahissait la peur qu'il cherchait à cacher, et de grosses gouttes de sueur coulaient sur son front. Son regard furieux allait du visage impassible de son juge aux visages tout aussi impassibles des hommes qui l'entouraient.

Ce fut Saint-Hubert qui brisa le silence pesant qui régnait à présent sous la tente.

– Ahmed, pour l'amour du ciel! protesta-t-il tout bas en anglais. Pas cela! Même pour apprendre ce que je veux savoir...

Le Cheik regarda par-dessus son épaule en esquissant une grimace amusée :

– Ne t'en fais pas! Nous n'aurons pas besoin de

recourir à des mesures extrêmes. Il transpire déjà à grosses gouttes : il choisira le chemin le plus facile... Quant à mes méthodes de persuasion, elles ne sont pas pires que ce dont il a menacé Ahmed quand il le tenait en son pouvoir. Ne suis-je pas tenu de lui faire une offre aussi alléchante que celle qu'il a faite à mon fils?

Mais son sourire avait disparu lorsqu'il se retourna vers le Maure :

– Vas-tu me faire attendre toute la nuit, chien? *Choisis*!

L'homme crispa ses longs doigts crochus sur les plis de son burnous crasseux. Il hésitait encore, partagé entre l'orgueil et la peur, regardant de tous côtés comme s'il cherchait un moyen de s'enfuir. Puis il ricana :

– Puisque mon Seigneur fait preuve envers moi d'une si grande mansuétude, quel choix peut-il bien me rester?

Tout en prononçant ces paroles, il changea brusquement d'attitude. Son ton perdit toute nuance de raillerie et, l'air plus sûr de lui, il se mit à parler avec vivacité.

– Que désire savoir mon Seigneur? dit-il avec servilité. Les secrets du roumi mort hier? Je ne les connais pas. J'étais son guide, pas son confident. Ses secrets se trouvent dans les papiers qu'il cachait sous sa robe. Hier soir, j'ai vu quelqu'un les prendre sur son cadavre. Ils sont sans doute entre les mains de mon Seigneur... Quant à moi, maître! Quelle excuse peut donc avoir à alléguer un homme qui cherche à venger son honneur, et qui s'est lancé à la recherche de la fille qu'on lui a ravie?

Mais le Cheik l'interrompit d'un geste impatient.

– Nous savons déjà tout cela, dit-il d'un ton coupant. Tu nous fais perdre notre temps. Ce n'est pas du présent que je veux entendre parler, mais du passé...

Il s'arrêta un instant et lança un regard pénétrant au Maure dont le visage couvert de sueur prenait une hideuse teinte grise.

– Oui, du passé, poursuivit-il d'un ton lourd de sous-entendus. Hier après-midi, tu as tué ton dernier maître. Mais tu avais déjà tué un autre de tes maîtres, *Ghabah du Maroc*!

Le Maure recula et faillit tomber sur l'homme qui se tenait derrière lui. Il étouffa un cri.

– Celui-là, je ne l'ai pas tué, dit-il d'une voix haletante. Il est mort, oui! Mais, sur la tête du Prophète, je jure que ce n'est pas moi qui l'ai tué!

– Pourtant, sur la tête du Prophète, un autre homme jure qu'il t'a vu l'assassiner, et massacrer ensuite une douzaine d'hommes désarmés, assis autour d'un feu de camp.

– Il a menti! Car il n'y a eu aucun survivant...

Il se rendit compte trop tard de son erreur, et ne put rattraper les paroles inconsidérées qui l'accusaient lui-même. Pendant des années, il avait cru l'enquête abandonnée. Il comprenait maintenant que les recherches n'avaient jamais cessé et qu'un vengeur inconnu l'avait poursuivi sans relâche... Mais qui?

Il tourna ses yeux injectés de sang vers Saint-Hubert, comprit brusquement la vérité et se jeta sur le blessé en éclatant d'un rire insensé.

Le Cheik se précipita pour l'arrêter. Mais les gardes l'avaient déjà intercepté. On entendit sa voix, sauvage, exultante, qui s'élevait au cœur de la mêlée :

– Oui, c'est moi qui l'ai tué! Et pas pour de l'argent, car il était aussi pauvre que moi... Mais il possédait une femme dont je rêvais, une femme que je voulais avec une telle violence qu'un jour le feu de mon désir m'a poussé au meurtre... Et pendant trois ans, ce sont mes mains à moi qui ont pétri les courbes affolantes de cette femme. Pendant trois ans, ce sont mes yeux à moi qui se sont repus de sa nudité. Elle a été mon esclave, ma chose... Mais j'ai fini par la tuer elle aussi, à cause de sa froideur qui avait changé mon amour en haine... Voulez-vous que je vous raconte comment je lui ai fait payer son manque d'ardeur avant qu'elle n'agonise? Voulez-vous que je vous dise ce que je lui ai fait avant de l'achever?

Le poing du Cheik s'abattit sur sa bouche grimaçante et lui imposa le silence.

– C'est déjà suffisant qu'elle soit morte, espèce de monstre! tonna-t-il. Qu'as-tu fait de sa fille?

Le Maure vacilla, et un rictus hideux lui déforma les traits :

– Je l'ai gardée avec moi pour ne jamais oublier ma haine, et pour qu'elle se souvienne, elle aussi, que la mère qui l'a portée ne m'a jamais donné d'enfant.

Le Cheik le regarda avec intensité tout en lui posant la question fatidique :

– C'est elle... Jasmine?

– Oui, c'est bien elle que l'on appelle désormais Jasmine, répondit-il, les lèvres tordues par un ricanement cruel. Jasmine, la fille de ce Sidi si fier. Jasmine, que le fils de mon Seigneur a prise pour son plaisir, comme un jouet. Mais voudra-t-il encore d'elle une fois que les pillards l'auront souillée?

Sa voix moqueuse se transforma en hurlement. Eclatant d'un rire insensé, il se débattit entre les mains de ses gardes. Du sang lui coulait du nez et de la bouche.

Longtemps après qu'on l'eut emmené, ses vociférations de dément continuèrent à se faire entendre jusque sous la tente à présent silencieuse où le Cheik s'efforçait d'apaiser le mourant en proie à une horreur qui lui déchirait l'âme.

– Comme elle a dû souffrir! gémissait-il. Si seulement j'avais pu la retrouver, lui épargner une partie de ces tortures! Trois ans, Ahmed! Te rends-tu compte? Dieu sait que j'ai fait tout ce que j'ai pu...

– Raoul! Raoul! supplia le Cheik. Pour l'amour de nous, pense un peu à toi-même... Oublie tout cela! A quoi bon ruminer le passé? Cet individu a dû être pris de folie, à l'époque. Et il est sûrement en proie au délire à l'heure actuelle. Je ne me sens pas le droit, quel qu'en soit mon désir, de tirer sur un fou.

Il y eut un long silence. Petit à petit, les accès de tremblements du mourant se firent moins fréquents et sa tête finit par s'immobiliser sur son oreiller.

Lorsqu'il parla de nouveau, l'aube commençait déjà à éclairer la tente de sa lumière froide et grise. Au prix d'un douloureux effort, il souleva les paupières et regarda le visage fatigué qui se penchait sur lui.

– La jeune fille, Ahmed, murmura-t-il. Quand ton fils la ramènera...?

Dans le ton de sa voix vibrait tout un monde de prière, et les yeux du Cheik s'emplirent de larmes.

– Mon ami, comme si tu avais besoin de poser la question! dit-il d'une voix altérée. Cette jeune fille sera l'objet de tous nos soins, à Diana et à moi, si Ahmed la ramène.

Saint-Hubert ferma les yeux en souriant d'un air épuisé.

– Il va la ramener, je le sais, murmura-t-il dans un souffle. Je veux les voir quand ils arriveront, eux et Caryll. Mais si je meurs avant, transmets-leur tout mon amour, Ahmed. Et parle à Caryll. Dis-lui *tout*. Pour son bien, il faut qu'il sache la vérité.

Il y eut une petite pause. Puis il tendit la main, et sa voix devint de plus en plus lente et indistincte :

– Quarante années, Ahmed, et jamais le moindre nuage entre nous... C'est long, très long, mon vieil Ahmed...

★

Caryll ne devait jamais oublier cette fantastique chevauchée à travers la nuit. Dès son plus jeune âge, il avait participé à bien des chasses à courre, à bien des poursuites effrénées par monts et par vaux. Jamais pourtant il ne s'était trouvé pris dans un ouragan comme celui qui l'emportait aujourd'hui et dont l'enjeu était une question de vie ou de mort.

Grisé par la vitesse et le martèlement sourd des sabots, il était en proie à une excitation qui excluait la peur du danger immédiat.

Il venait de faire connaissance avec la mort violente. Il avait vu son meilleur ami agoniser au milieu d'un champ de bataille. Et des instincts héréditaires dont il n'avait jamais soupçonné l'existence avaient brusquement pris le dessus, chassant les vains préjugés et le sens des conventions qui masquaient jusque-là sa personnalité profonde.

C'était en vrai fils de son père qu'il faisait corps avec ce raid de vengeurs bien déterminés à tuer.

Confusément, il sentait que toute sa journée l'avait préparé à cette impression nouvelle de ne faire qu'un avec sa famille, à cette acceptation sans réserve des liens qu'il avait jusqu'alors reniés.

A travers les somptueuses étendues désertiques parcourues avec le Cheik depuis le matin, il avait commencé à entrevoir une beauté jamais décelée, à en goûter le charme, la paix si étrange, et à s'en émerveiller.

Au retour, avant même qu'ils n'aient atteint le campement, le vacarme sauvage qui leur en était parvenu avait averti les deux hommes que quelque chose n'allait pas. D'un même geste, le Cheik et son « Anglais » de fils avaient alors piqué des deux pour s'élancer au triple galop.

En arrivant, ils avaient trouvé le campement sens dessus dessous. L'esplanade, d'habitude si tranquille, grouillait d'une foule gesticulante; il y régnait une telle confusion, une telle agitation, que les chevaux, à demi harnachés, s'enfuyaient dans toutes les directions. Femmes et enfants, hurlants, entouraient les hommes qui se réunissaient sous la direction de Youssef et du jeune Ahmed dont les visages, couleur de cendre, étaient méconnaissables.

Hébété, Caryll avait vu son père s'incliner un instant sur le messager à demi évanoui dont Gaston s'efforçait de tirer des informations. Sans trop savoir ce qu'il faisait, il avait empoigné le revolver et bouclé la cartouchière que lui tendait un Williams livide. Puis il avait enfourché un cheval frais, surgi comme par magie à côté de lui. Et avant qu'il n'ait compris ce qui lui arrivait, il s'était retrouvé en train de galoper vers le sud comme il n'avait jamais galopé de sa vie.

Ce n'est qu'en arrivant à El-Hassi qu'il avait mesuré l'étendue du péril auquel venait d'échapper sa mère et du danger que courait Jasmine.

Le choc qu'il en avait alors subi lui avait fait brusquement oublier tous ses griefs personnels. Et lorsqu'il avait spontanément offert son aide – acceptée avec tant de simplicité –, ç'avait été comme s'il tournait une page de sa vie.

A présent, tout en galopant au côté de ce jumeau envers lequel il n'éprouvait plus de haine, il se rendait compte que le malaise de ces derniers jours avait disparu comme se dissipe un cauchemar. Il était enfin à même de penser avec calme, sinon avec indifférence, à ce bref accès de folie qui avait éveillé en lui des passions dont le souvenir l'emplissait d'étonnement et de honte.

Ce n'était pas qu'il ait cessé d'aimer Jasmine. Il l'aimait toujours, et savait que le souvenir de ce premier amour mettrait sans doute longtemps à s'effacer. Mais la fièvre de son désir sauvage était tombée aussi vite qu'elle était apparue, cédant la place à cette tendresse pleine de pitié qu'il avait éprouvée au début.

Aux dunes mouvantes avaient succédé une plaine aride qui s'étendait devant eux sans que rien ne vînt en rompre la monotonie. Ils fonçaient, et le vent qui sifflait à leurs oreilles, le tintement des harnachements et le martèlement des sabots brisaient seuls le silence impressionnant du désert.

Ils galopèrent pendant des heures en gardant la même vitesse. Puis, au fur et à mesure que les ténèbres s'épaississaient autour d'eux, ils ralentirent progressivement leur allure jusqu'à ce que l'éclaireur lève la main et saute à bas de sa selle.

Caryll sentit la consternation l'envahir. Seules de rares étoiles brillaient. Et son cœur se serrait à l'idée des heures qui restaient à attendre avant qu'ils ne puissent bénéficier du clair de lune.

Mais avant même qu'il ait eu le temps de formuler ses angoisses, la brève halte touchait déjà à sa fin.

Brandissant une lanterne, l'éclaireur suivait maintenant la piste à pied, courant à une allure souple qu'il conservait sans effort apparent.

Ils progressaient sans trêve, et l'obscurité finit par les engloutir. Caryll devinait plus qu'il ne voyait les contours de la silhouette qui le précédait.

Le temps s'écoulait sans qu'il s'en rendît compte et, dans la pâle lumière de la lune en train de se lever, il vit soudain Ahmed mettre pied à terre et parler avec l'éclaireur tandis que les hommes desserraient les sangles de leur selle. Sautant à terre à son tour, il enfila le manteau que lui tendait Williams puis tapa des pieds un moment pour faire passer ses crampes avant d'aller rejoindre son frère, assis contre un rocher.

– Que voulait dire petite mère quand elle a parlé d'Isabeau de Chailles? Qui est Isabeau de Chailles? demanda tout à coup Ahmed.

Caryll le regarda un instant d'un air stupéfait. Il ne le savait donc pas?

Puis il se souvint que Saint-Hubert lui avait confié qu'Ahmed n'était au courant de rien. Et il se demanda avec amertume pourquoi c'était précisément à lui qu'incombait la tâche de dévoiler l'identité de Jasmine à cet homme qui avait traité la jeune fille avec tant de cruauté.

Mais mieux valait, de toute façon, que son frère sache la vérité, et sans tarder.

Baissant la tête pour ne pas trahir ses propres sentiments, il raconta en quelques mots l'histoire qu'il avait entendue le soir du retour d'Ahmed au campement.

Une fois qu'il eut terminé, son jumeau se leva sans un mot et s'éloigna un peu.

Lorsque le fils du Cheik s'immobilisa, après quelques pas effectués sans même s'en rendre compte, ce n'était pas la blancheur de la plaine sous le clair de lune qu'il voyait devant lui avec une acuité terrifiante... non, c'était un visage, un visage à l'ovale délicat, où brillaient des yeux sombres, suppliants, noyés de larmes qu'il avait fait verser.

Suffoquant, il arracha de son cou l'écharpe qui lui paraissait l'étrangler.

Qu'est-ce que cela pouvait bien lui faire, qui elle était! Qu'elle soit la comtesse de Chailles ou Jasmine la danseuse, que lui importait! C'était la jeune fille en elle-même qui comptait. C'était elle qu'il aimait, qu'il n'avait jamais cessé d'aimer, tout au fond de son cœur, même si, dans sa colère insensée, il avait juré qu'il la haïssait.

Emporté par la sauvagerie de sa nature, il lui avait infligé une punition terrible pour la trahison dont il l'avait crue coupable. Dans sa rage folle, il l'avait torturée, elle, Jasmine, sa fleur si tendre, si fragile. Il l'avait fait souffrir, physiquement et moralement. Il avait joué avec sa crédulité, avec sa peur. Il avait meurtri de ses mains impitoyables son petit corps adorable. Son corps! Il aurait donné sa vie pour le tenir encore une fois, ne serait-ce qu'un instant, dans ses bras.

Et elle l'avait aimé, il le comprenait à présent. Elle l'avait aimé, quoi qu'il lui fît. Elle l'avait aimé jusque sous les coups.

Il revoyait, comme il les avait vus le dernier soir, ses yeux baignés de larmes. Il entendait sa voix suppliante. Un immense sanglot le secoua.

Lorsqu'il fut de nouveau en selle, il se calma un peu. Le mouvement de la course, la caresse du vent nocturne sur son visage eurent sur lui un effet apaisant. Et il sentit l'espoir renaître.

Jamais il n'avait fait galoper son étalon noir comme ce soir! Jamais il ne lui avait ainsi labouré les flancs, jusqu'au sang!

Presque couché sur l'encolure, il avait depuis longtemps dépassé l'éclaireur et il galopait, ses yeux brûlants rivés sur le sable, fixés sur les traces confuses de sabots prouvant que les ravisseurs s'étaient lancés dans une course aussi rapide et aussi folle que la leur.

Kilomètre après kilomètre, il pressait, de l'éperon et de la voix, le vaillant animal dont les jambes musclées tremblaient et qu'il sentait frissonner entre ses genoux.

Emportés par leur élan, Caryll et les hommes le suivaient toujours, penchés en avant, le visage blafard dans la lumière impitoyable de l'aube.

Le fils du Cheik galopait, obnubilé par une

idée fixe. Il galopait, au bord de l'étourdissement. Il galopait et les battements de son cœur résonnaient à ses oreilles comme un roulement de tambour.

Il galopait, et un lavis de rose vint peu à peu colorer le ciel, à l'est.

Il galopait, et vit bientôt une éminence rocheuse se profiler à l'horizon. La piste qu'il suivait contournait cette barrière naturelle et bifurquait brusquement vers la gauche.

Prenant son virage à une vitesse folle, Ahmed dépassa un éperon rocheux et, avec un hoquet de surprise, se rejeta en arrière dans sa selle, cisaillant la bouche de l'étalon.

Un village se dressait devant lui, un village fantôme, envahi par le sable et dont les masures en ruine offraient un spectacle de désolation dans le matin blême.

Comme il calmait son cheval cabré à la verticale, un bruit furtif attira son attention : la silhouette d'un guetteur venait de se couler parmi les décombres. Ahmed comprit alors que leur longue poursuite touchait à sa fin.

Sa fatigue disparut comme par enchantement. Il ne ressentait plus qu'une ivresse sauvage. Tout en jouant avec le revolver qu'il avait tiré de sa ceinture, il attendit que Caryll et les autres soient en vue.

Alors seulement, poussant le cri de guerre des Ben Hassan, il fonça droit sur le village tandis que ses hommes se ruaient à sa suite, hurlant comme des démons et rivalisant de vitesse.

Lancé au triple galop, le grand étalon noir faisait voler dans sa course les décombres qui se trouvaient sur son passage. Il débouchait sur ce qui avait dû être la place du marché lorsqu'une grêle de balles obligea Ahmed à retenir sa monture.

Les coups de feu provenaient de l'entrée sombre d'un passage couvert à demi écroulé. Mais le jeune homme et ses compagnons n'avaient pas plus tôt répondu par un tir nourri que la fusillade cessa aussi soudainement qu'elle avait éclaté.

Sautant à bas de sa selle, le fils du Cheik se précipita vers le passage obscur, suivi de Caryll et de ses hommes. L'arme au poing, ils coururent dans la ruelle tortueuse, surpris par le silence qui y régnait et se demandant où les attendait l'inévitable embuscade.

Lorsqu'ils se retrouvèrent à la lumière du jour, ils comprirent enfin la raison de ce silence incompréhensible. Inférieurs en nombre, les pillards prenaient la fuite après un bref baroud d'honneur. Les derniers d'entre eux sautaient en selle pour rejoindre leurs camarades qui galopaient déjà au loin.

Ahmed fit signe à S'rir de se lancer à leur poursuite avec un détachement. Puis, titubant d'épuisement, en proie à une terreur confuse, il se réengagea dans le passage couvert, bifurqua sur la droite, traversa une courette, parcourut une série de pièces ouvertes à tous les vents où il trébucha sur les décombres et les débris de toutes sortes. Tremblant, il s'arrêta enfin devant l'entrée d'un petit appartement resté intact parmi les ruines.

Son instinct lui disait qu'il allait trouver là ce qu'il était venu chercher et il hésita un instant, les poings serrés, les ongles enfoncés dans les paumes.

Puis, très lentement, il franchit le seuil et

fouilla des yeux les ténèbres qui régnaient dans la pièce sordide.

Un homme couvert de sang était affalé sur le sol. Et, dans l'angle le plus éloigné, il l'aperçut, elle, et crut qu'elle était morte.

Blottie contre le mur lépreux, elle portait toutes les marques d'une lutte désespérée. Sa jupe était déchirée, son corsage en lambeaux. Ses cheveux dénoués étaient répandus sur ses épaules nues. Et elle tenait encore à la main une dague tachée du sang de l'homme qui avait tenté de la violenter et qu'elle venait de tuer.

Le fils du Cheik retenait son souffle. Il contemplait la petite silhouette recroquevillée et tout ce qu'il y avait encore d'insouciance et de jeunesse sur son visage disparut d'un seul coup et pour toujours. Ses traits se figèrent dans une expression de terreur.

– Jasmine!

Cette exclamation rauque ressemblait au hurlement d'une âme damnée aux prises avec les tourments de l'enfer. Elle leva la tête et, laissant échapper un cri, se redressa.

– Mon Seigneur!

Dans un élan passionné, elle courut à lui.

Il la prit dans ses bras en poussant un gémissement, comme si son cœur allait se briser, et il la serra de toutes ses forces.

A demi évanouie, elle reposait contre sa poitrine, et il couvrait ses joues, ses paupieres, sa bouche, d'une pluie de baisers fiévreux. Finalement, la frange soyeuse de ses longs cils humides frémit sous ses lèvres et, lentement, elle leva vers lui des yeux baignés de larmes mais remplis d'amour et de confiance. Il lui sourit.

– Pardonne-moi, mon amour! Mon doux, mon

tendre amour! Pardonne-moi! Je t'aime! Je t'ai toujours aimée! Pardonne-moi!

– Qu'ai-je donc à vous pardonner? murmura-t-elle humblement. Ne suis-je pas à vous? Ne suis-je pas à votre disposition pour que vous fassiez de moi ce qu'il vous plaira?

Timidement, elle mit ses bras autour du cou d'Ahmed.

– Mon Seigneur! Mon Seigneur! Si seulement vous saviez comme je vous aime... Comme j'avais soif de votre amour... Comprenez-vous maintenant que... que je ne vous avais pas trahi?

Il enfouit son visage dans la chevelure sombre de la jeune fille.

– Je sais, je sais, dit-il d'une voix brisée. Qu'Allah me pardonne, Jasmine!... Mon amour!... Jasmine!...

Elle voulut lui caresser la joue mais sursauta : elle ruisselait de larmes.

– Mon Seigneur! Vous pleurez? Vous pleurez... à cause de moi?

– C'est parce que je suis heureux de t'avoir retrouvée! Parce que, maintenant, tu es à moi pour toujours, mon amour, ma vie, ma femme!

Elle le regarda avec surprise.

– Votre... femme? balbutia-t-elle.

– Ma femme, dit-il avec fermeté. Si tu veux bien de moi pour époux, après ce que je t'ai fait subir.

– Vous voulez vraiment dire que vous allez... m'épouser?

Elle avait prononcé ces mots avec émerveillement, comme si elle n'en pouvait croire ses oreilles.

– Si tu veux bien de moi, répondit-il en souriant – mais il serrait son corps mince comme si elle était déjà sienne.

– J'aimerais... j'aimerais tant que mon fils porte le nom de son père, chuchota-t-elle.

– Jasmine!

L'exclamation qu'il poussa était un véritable cri de triomphe. Puis il se mit à l'embrasser avec passion, avec sauvagerie, mais aussi avec une tendresse qu'elle ne lui avait jamais connue auparavant.

Comme elle lui rendait ses baisers, il sentit son sang bouillonner dans ses veines et son cœur battre follement tout contre celui de la jeune fille. La soulevant dans ses bras, il murmura :

– Rentrons chez nous, ma bien-aimée. Chez ma mère. Marchons vers une vie où il n'y aura plus de place que pour l'amour...

Romans sentimentaux

Depuis les ouvrages de Delly, publiés au début du siècle, la littérature sentimentale a conquis un large public. Elle a pour auteur vedette chez J'ai lu la célèbre romancière anglaise Barbara Cartland, la Dame en rose, qui a écrit près de 300 romans du genre. A ses côtés, J'ai lu présente des auteurs spécialisés dans le roman historique, Anne et Serge Golon avec la série des Angélique, Juliette Benzoni, des écrivains américains qui savent faire revivre toute la violence de leur pays (Kathleen Woodiwiss, Rosemary Rogers, Janet Dailey), ou des auteurs de récits contemporains qui mettent à nu le coeur et ses passions, tels que Theresa Charles ou Marie-Anne Desmarest.

BEARN Myriam et Gaston de — ***L'or de Brice Bartrès*** 2514/**4***

BENZONI Juliette — ***Marianne, une étoile pour Napoléon*** 601/**4*** & 602/**4***

CARTLAND Barbara
- ***Amour secret*** 898/**2***
- ***Les seigneurs de la côte*** 920/**2***
- ***Le secret de Sylvina*** 1032/**2***
- ***Un amour imprévu*** 1538/**2***
- ***L'ingénue criminelle*** 1553/**2***
- ***La fiancée pour rire*** 1554/**2***
- ***Prise au piège*** 2082/**2***
- ***L'amour retrouvé*** 2130/**2***
- ***Loin de l'amour*** 2243/**2***
- ***Un coeur triomphant*** 2384/**2***
- ***La perfection de l'amour*** 2401/**2***
- ***La rivière de l'amour*** 2418/**2***
- ***L'ombre du péché*** 2428/**2***
- ***L'irrésistible charme d'Helga*** 2429/**2***
- ***La magie de l'amour*** 2446/**2***
- ***Le jardin de l'amour*** 2447/**2***
- ***De l'enfer au paradis*** 2464/**2***
- ***Dans les bras de l'amour*** 2465/**2***
- ***Un été indien*** 2479/**2***
- ***L'amour se joue des sortilèges*** 2480/**2***
- ***Le château du bonheur*** 2515/**2***
- ***La trahison diabolique*** 2516/**2***
- ***A la découverte du paradis*** 2531/**2***
- ***Le secret surpris*** 2532/**2*** Inédit
- ***Duel pour l'amour*** 2547/**2*** Inédit
- ***Princesse rebelle*** 2567/**2*** Inédit
- ***La demoiselle en détresse*** 2568/**2***
- ***Au secours, mon amour*** 2588/**2***
- ***Le prince russe*** 2589/**2*** Inédit
- ***Un mariage improvisé*** 2605/**2***
- ***La déesse de l'amour*** 2606/**2****

	La tentation d'Angélique 2495/7*
	Angélique et la Démone 2496/7*
	Le complot des ombres 2497/5*
	Angélique à Québec 2498/5*
	Angélique à Québec 2499/5*
	Angélique La route de l'espoir 2500/7*
	La victoire d'Angélique 2501/7*
HULL E.M.	Le Cheik 1135/2*
IBBOTSON Eva	Une comtesse à l'office 1931/4*
KEVERNE Gloria	Demeure mon âme à Suseshi 2546/6*
LAKER Rosalind	Reflets d'amour 2129/4*
	La femme de Brighton 2190/4*
	Le sentier d'émeraudes 2351/5*
	Splendeur dorée 2549/4*
	Les neiges de Norvège 2687/4* (Novembre 89)
LINDSEY Johanna	Un si cher ennemi 2382/3*
	Samantha 2533/3*
McBAIN Laurie	Les larmes d'or 1644/4*
	Lune trouble 1673/4*
	L'empreinte du désir 1716/4*
	Le Dragon des mers 2569/4*
	Les contrebandiers de l'ombre 2604/4*
	Splendeur et décadence 2663/5*
MICHAEL Judith	Prête-moi ta vie 1844/4* & 1845/4*
MONSIGNY Jacqueline	Le palais du désert 1885/2*
MULLEN Dore	Le lys d'or de Shanghai 2525/3*
	La violence du destin 2650/4*
NICOLSON Catherine	Tous les désirs d'une femme 2303/4*
PARETTI Sandra	L'oiseau de paradis 2445/4*
	L'arbre du bonheur 2628/5*
ROGERS Rosemary	Amour tendre, amour sauvage 952/4*
	Jeux d'amour 1371/4*
	Le grand amour de Virginia 1457/4*
	Au vent des passions 1668/4*
	La femme impudique 2069/4*
	Le métis 2392/5*
	Esclave du désir 2463/5* Inédit
	Insolente passion 2557/6*
	Le feu et la glace 2576/6*
	Le désir et la haine 2577/7*
STANFILL Francesca	Une passion fatale 2320/4*
WOODIWISS Kathleen E.	Quand l'ouragan s'apaise 772/4*
	Le loup et la colombe 820/4*
	Une rose en hiver 1816/5*
	Shanna 1983/5*

1216

Impression Brodard et Taupin
à La Flèche (Sarthe) le 30 novembre 1989
6727B-5 Dépôt légal novembre 1989
ISBN 2-277-21216-4
1er dépôt légal dans la collection : août 1981
Imprimé en France
Editions J'ai lu
27, rue Cassette, 75006 Paris
diffusion France et étranger : Flammarion